XINGU

E OUTROS CONTOS

Esta obra foi revisada segundo o Novo Acordo Ortográfico da Língua Portuguesa, em vigor no Brasil desde 2009.

Direção editorial Melissa Velludo
Tradução Nara Vidal
Preparação de texto Ricardo Marques e Melissa Velludo
Revisão Ricardo Marques, Melissa Velludo e Ana Valéria Razera
Curadoria do Selo Inglesa Nara Vidal
Projeto Gráfico e Diagramação Alexandre Guidorizzi
Capa Nara Vidal
Imagem da Capa *The readers*, de Jacques-Émile Blanche, pintado em cerca de 1890.

Dados Internacionais de Catalogação na Publicação (CIP)
(Câmara Brasileira do Livro, SP, Brasil)

Wharton, Edith, 1862-1937
Xingu e outros contos / Edith Wharton ;
Tradução de Nara Vidal. -- 1. ed. -- Ribeirão Preto, SP :
Inglesa, 2025.
222 p.

Título original: Xingu and other stories.
ISBN 978-65-984806-2-2

1. Ficção norte-americana I. Título.

25-298991.0 CDD-813

Índices para catálogo sistemático:
1. Ficção : Literatura norte-americana 813
Aline Graziele Benitez - Bibliotecária - CRB-1/3129

SELO INGLESA
Degustadora Editora
E-mail: adegustadoradehistorias@adegustadora.com.br

EDITH WHARTON

XINGU
E OUTROS CONTOS

TRADUÇÃO DE NARA VIDAL

1ª edição

INGLESA

2025

SUMÁRIO

O CENTRO DO MUNDO

Nara Vidal

Onde é o centro de Londres? A pergunta que tem sua inquestionável objetividade, tem respostas relativas. Mas, oficialmente, o centro de Londres é onde esteve Edith Wharton em 1909, numa tórrida noite de amor com seu amante — apresentado a ela por Henry James —, William Morton Fullerton, mais precisamente no quarto 92 do antigo hotel Charing Cross, que hoje tem o nome de Claremont. Como se uma noite de sexo fosse o centro da terra, e Londres o ponto de início do universo, Edith escreveu um poema, "Terminus", para marcar o que viveu, imortais que são as experiências dos artistas. "Terminus", uma referência à estação de trem de Charing Cross, onde fica o hotel que está localizado no centro de Londres e a partir de onde, ainda hoje, são traçados os pontos da cidade, ressalta o quarto malcuidado e feio contrastado com o luxo de uma noite de amor vivida nele. A atenção à decoração — ou falta de decoração — do quarto não é à toa. Edith escreveu de forma profícua e transitou na escrita livremente, como se não houvesse gênero literário ao qual devesse fidelidade. Romances, contos, poemas e, com o amigo Ogden Codman, o *The Decoration of Houses*, um livro sobre espaços e ornamentação de interiores, sem dúvida, uma influência do modo de vida da autora em torno de uma classe extremamente afluente, cuja opulência era também flagrada nos costumes e salas de estar.

É pertinente fazer aqui uma menção aos trabalhos a que se dedicou Wharton ao longo da vida. Suas tarefas foram, sem qualquer dúvida, fruto de uma vida privilegiada financeiramente, mas é importante ressaltar o peso da repressão e de uma educação severa, com, por exemplo, uma mãe que selecionava as leituras da filha e fazia questão de opinar sobre sua escrita.

Em inglês há uma expressão que aponta para uma tentativa incansável que alguém de um círculo social apresenta em se comparar com outrem — de status afluente. Edith Newbold Jones vinha justamente dessa família abastada, de posses e prestígio desejáveis, os Jones. Especula-se que veio daí a expressão, o que faria sentido plausível e poderia dar ao leitor uma aproximação bastante rigorosa sobre a vida que levou Edith, seja Jones ou Wharton, nome que adotou do marido Teddy.

Ainda que presa a um exercício fútil de uma criação que exacerbava a competição social, Edith Wharton teve oportunidades de educação, cultura, viagens e convívios intelectuais. Foi durante uma temporada em Roma, com a família, ainda pequena, que aprendeu a ler e, eventualmente, falar diversos idiomas, chegando inclusive a fazer, esporadicamente, alguns trabalhos de tradução, ainda que puramente por prazer e de forma descompromissada, o que não significa que não os tenha feito com eficiência e esmero.

Se a oportunidade de se movimentar por cartografias diversas foi, inegavelmente, um privilégio de Wharton, também não restam dúvidas de que a cidade à qual ela permaneceu mais imediatamente associada foi Nova York, onde cresceu cercada por uma sociedade presa ao exercício e manutenção de aparências e preservação de convenções, sendo a subestimação da mulher e o casamento as mais diretamente sentidas por Wharton. É justamente sobre essas vidas reprimidas e ensaiadas que a autora escreve tão mordazmente, fazendo uso da inteligência e sagacidade de quem está dentro de tal contexto, mas o observa clara e criticamente. Mesmo que tenha sido Nova York o cenário para tantas de suas histórias, a vida da autora ganhou um sopro de transformação através de um amor tardio: a França, ou os arredores de Paris, onde ela se estabeleceu, de fato, em 1910, aos 48 anos, até sua morte, em 1937.

Não é difícil resistir à tentação de categorizar Edith Wharton unicamente como uma escritora socialite e arrancar-lhe, assim, os muitos méritos literários de quem foi a primeira mulher a receber um Pulitzer de literatura, em 1921, quando já morava na França e escrevia tão acidamente sobre Nova York. Mesmo que observar e analisar o estilo de vida que teve a autora seja atividade sedutora, talvez seja mais relevante para o propósito deste texto, e da coletânea que proponho, um foco mais atento ao trabalho literário extremamente sofisticado e belo que desenvolveu e aprimorou Edith Wharton ao longo dos anos.

A seleção de contos deste volume parte de um critério objetivo, ainda que apresente complexidades. Estamos diante de uma autora importante e de imensa relevância, do início do século XX e que, ainda assim, não tem no mercado brasileiro a atenção que, indubitavelmente, merece. Ao escolher os contos "Xingu", "O filho de seu pai", "Os olhos", "O pelicano", "A viagem" e "Sementes de romã", tentei considerar a abrangência temática e de estilo da autora dentro da sua vasta produção de contos. Foram cerca de oitenta. Uma obra tão extensa que é possível encontrar na sua escrita associações muito específicas e com o mesmo peso, fazendo-a celebrada tanto pelos contos de suspense quanto pelos que criticam afiadamente a Era Dourada de Nova York, da qual ela própria fez parte.

A tarefa de traduzir os contos selecionados de Edith Wharton foi árdua, ainda que profundamente estimulante. Traduzi-la é uma montanha íngreme. Um caminho com vários pontos vulcânicos, encruzilhadas, uma flora densa e suntuosa, com idas e vindas que só fazem sentido quando olhamos o mapa com distanciamento.

Desse ponto de vista específico, cuidar da linguagem proposta por Wharton foi a minha prioridade. As construções verbais extremamente elaboradas, as expressões marcadas cronologicamente, a ironia, as pinceladas de sarcasmo, o suspense foram elementos que não podiam ser perdidos de vista, uma vez que são justamente essas características trabalhadas com tanto investimento que promovem sua literatura à altura que ocupa.

"Xingu", o conto que dá nome à coletânea, por exemplo, tem a adicional dificuldade de trazer um humor muito particular à cena. Além de apresentar elementos que se amarram, por conta da trama proposta, vemos um grupo de senhoras que são absurdamente ridículas, como nos propõe o narrador em terceira pessoa, mas com a nuance de inserções de falas e diálogos que contrastam o evidente ridículo das personagens com a seriedade e respeitabilidade que acreditam ter, o que, claro, as expõe ainda mais. O humor precisa ser o fio que liga tais elementos do início ao fim, sem perder a trama de vista, com seu ápice e sua conclusão. Acrescenta-se a todo esse rico bordado o fato de a história reverberar nos nossos dias, com o grupo de senhoras que promovem clubes de erudição e leitura, recebendo com frequência autores e autoras convidados por elas. Poderia ser uma história que se passa hoje, e me parece que é, sim, o caso. A sátira de Xingu é uma ironia, sem dúvida, à chamada alta literatura e à alta erudição.

A ideia de fraude, aliás, se repete no conto "O pelicano", mas de uma forma muito mais melancólica e sugestiva. Numa primeira leitura, em inglês, não fica evidente se o narrador é masculino ou feminino. No decorrer da leitura e na dedução de que se trata de um homem observando uma mulher em franca tentativa de fazer a vida através de palestras e cursos, um elemento perverso se instaura, uma vez que a personagem feminina, ainda que tente ganhar seu sustento através de atividades intelectuais, está até o fim à mercê do julgamento do homem que a observa.

O conto "A viagem", uma espécie de metáfora para um casamento profundamente infeliz e de conveniência, nos remete à angústia de uma mulher que, dentro da convenção do casamento, se vê tendo que esconder o corpo do marido numa viagem de trem por medo de ser expulsa do vagão e, ao ficar viúva, ficar também à deriva, provocando uma reflexão sobre a vulnerabilidade presente na falta de autonomia particularmente das mulheres, tema que também se entrelaça com "O pelicano" e "Sementes de romã", este, porém, com o toque de suspense tão característico de Edith Wharton.

Um conto perturbador e com um apelo psicológico muito particular é "O filho de seu pai", que propõe pensarmos a transferência de desejos do pai para os filhos, a inveja e os ciúmes que sentem os genitores daqueles que vêm depois e que podem refazer, sem erros, o que fizeram os pais. Em termos estéticos e literários, o conto vai contra um movimento modernista defendido por nomes como James Joyce e Virginia Woolf, em relação à linguagem e estrutura narrativas. Para Woolf e Joyce, por exemplo, um conto não tinha o dever de, necessariamente, trazer uma virada de cena na trama, e consideravam esse recurso frágil, porque priorizava o acontecimento em contraste à linguagem. Edith Wharton, no entanto, ainda que tenha escrito inúmeros contos com tramas amarradas e de gosto popular, trazia a preocupação do refinar e apurar da linguagem, e a escolha de inserir esse conto tem a intenção de mostrar justamente essa habilidade dupla da autora.

Na minha opinião, um dos contos mais elaborados e interessantes é "Os olhos", com uma sensibilidade profunda e sutileza impressionante pelo disfarce que propõe a narrativa ao se apresentar como uma história gótica de suspense. A autora levanta aqui uma contundente reflexão sobre homoafetividade, convenção e repressão, trazendo a imagem dos olhos, os que veem dentro e os que olham para o exterior, como vetor das turbulências íntimas e dos desejos reprimidos. Não deixa de ser uma advertência sobre as consequências da recusa da própria sexualidade.

Traduzir literatura, me parece, aproxima-se da oportunidade de uma leitura radical. Ao ler um texto para a sua tradução, devemos procurar suas entranhas, nuances, sutilezas, defender as escolhas da autora, honrá-las e, além disso, preparar o texto para que seja tão sedutor na língua traduzida quanto no idioma original. Essa oportunidade de intimidade com a escrita de Wharton me faz pensar, sim, na extensão temática da autora, mas também na liberdade que essa diversidade dá à obra dela e que se equivalem a frutos de uma soma muito evidente entre o privilégio da oportunidade e o olhar sagaz e afiado da autora. Seria, no entanto, profundamente injusto fazer com que Wharton coubesse nessa tão estreita nesga, já que, assim, teríamos evidente dificuldade em encontrar espaço para o que me parece ser o mais fundamental na celebração da autora: sua escrita estimulada a partir da crítica social, de gênero, mas sutilmente sugerida e irresistivelmente sedutora pela linguagem burilada, claramente, à exaustão, sim, mas também pelo fato de ela saber contar uma boa história.

Quando proponho, no início do texto, pensar no centro do mundo e relacioná-lo a Edith Wharton, o faço tendo em mente um elemento muito rico da vida da autora e que foi sua movimentação por mapas, mas mais especificamente, sua permanência na França, aos 48 anos, divorciada, num momento em que tal liberdade e direito só podiam ser vistos como acinte, mesmo que o ex-marido tivesse sido um homem psicologicamente exigente e a relação sexual entre os dois fosse improvável. Foi durante sua chegada a Paris, em 1907, nos salões literários de Faubourg Saint-Germain, que Edith passa a adotar o estilo de vida parisiense que a acompanhou até o fim. E com o estilo de vida parisiense, o clichê da época, um amante. Um jornalista americano que Wharton classificaria como misterioso e que circulava nos meios literários e festas de Oscar Wilde. Seu nome é Morton Fullerton, um homem indefinido, considerado *queer* e com quem Edith se encontra no centro de um mundo, em Charing Cross, Londres, no início do texto.

Nesse círculo de narrativa quase fechada, me permito ressaltar a figura livre e interessante que foi Edith Wharton, aos 48 anos, tomando para si a vida, até então, controlada pela convenção. Uma feminista em prática extemporânea, alguém poderia dizer. Mas eu mesma, enquanto escrevo este texto a partir de um corpo tão tardio quanto o dela, na época, também tomando passos para uma vida nova em outro país, abraço a independência "atrasada" de Wharton que me serve como farol para percorrer um chão já pisado e em condições ainda menos favoráveis que este nosso tempo propõe. Como se em um eco íntimo eu ouvisse "Se Edith pôde, eu também posso.".

Não é de forma gratuita ter trazido, no início do texto, a cena proposta ao leitor de uma Edith Wharton, saída da Era Dourada e também opressiva de Nova York, e inseri-la em Londres, num ponto que conheço tão bem. Há décadas passo em frente ao Claremont e só recentemente faço sua ligação com a autora. Mas o significado de Edith em Londres vai além da mera ilustração das suas viagens. Celebro aqui a mulher que, além de autora, destacou-se por uma outra conquista: a de ser o centro do próprio mundo. Ainda que, alguns ingênuos dirão, tardiamente.

****

Nara Vidal é professora, escritora e tradutora. Como autora, venceu o Prêmio Oceanos, o APCA e foi finalista do Jabuti e do Prêmio São Paulo; traduziu, entre outras, obras de Virginia Woolf, Edith Wharton e Katherine Mansfield. Graduada em Letras pela UFRJ e mestre em Artes e Gestão Cultural pela London Metropolitan University, Nara tem se dedicado à sua obra autoral e à difusão, tradução e pesquisa de literatura clássica; é professora de escrita criativa e vive na Inglaterra desde 2001. Na Degustadora, atua como curadora do selo Inglesa.

O FILHO DE SEU PAI

Depois da morte de sua esposa, Mason Grew tomou a importante decisão de vender seu negócio e se mudar de Wingfield, Connecticut, para o Brooklyn.

Por anos, em segredo, ele alimentou a esperança de tal mudança, mas nunca ousou sugerir isso à Sra. Grew, uma mulher de hábitos inalteráveis. O próprio Sr. Grew era ligado a Wingfield, lugar onde cresceu, prosperou e se tornou o que a imprensa local descreveu como "proeminente". Ele estava afeiçoado a sua casa esteticamente desagradável — feita de tijolos com acabamentos de arenito e uma grade de ferro fundido cuidadosamente lixada para combinar —, à fileira semelhante de casas do outro lado da rua, os fios do "bonde" formando uma espécie de caminho aéreo entre eles, e à vista ampla fechada pelo campanário da igreja que ele e sua esposa sempre frequentaram e onde seu único filho foi batizado.

Foi difícil se desvincular de todas essas associações; mais difícil ainda agora que ele estava sozinho e vivia tão longe do filho. Ronald Grew era advogado em Nova York, e era tão improvável ele voltar a viver em Wingfield quanto um rio fluir para o interior vindo do mar. Portanto, para estar perto dele, seu pai precisava se mudar; e era de se esperar do Sr. Grew, e da situação em geral, que a transferência, quando ocorresse, fosse para o Brooklyn, e não para Nova York.

"Por que se esconder naquele buraco, eu não consigo entender", foi o comentário de Ronald; e o Sr. Grew simplesmente respondeu que o aluguel era mais em conta no Brooklyn, e que ele tinha ouvido falar de uma casa que era ideal para ele. Na realidade, ele disse a si mesmo — sendo o único a ouvir suas próprias confidências — que se morasse em Nova York, poderia acabar estando perto demais do menino; ao passo que, se morasse no Brooklyn, Ronald sempre teria uma boa desculpa para não aparecer a cada dois dias. O isolamento sociológico do Brooklyn, combinado com sua proximidade geográfica, apresentava de fato as condições perfeitas para o Sr. Grew. Ele queria estar relativamente perto de Nova York, perto o suficiente para ir com alguma frequência, sentir sob seus pés o mesmo chão que Ronald pisava, estar, vez ou outra, nos mesmos teatros e encontrar em sua mesa de café da manhã os jornais que, com frequência crescente, plantavam o nome de Ronald nas sagradas fronteiras da coluna social. Era uma tortura para o Sr. Grew ter que esperar vinte e quatro horas para ler que "entre os presentes estava o Sr. Ronald Grew". Terminada a leitura com o café, deixava o jornal na mesa para a leitura da "moça contratada", cosmopolita e familiarizada com aquilo. Assim, o Brooklyn confirmava as vantagens de sua proximidade com Nova York, enquanto permanecia, no que diz respeito ao dever de Ronald para com seu pai, tão remoto e inacessível quanto Wingfield.

Não que Ronald se esquivasse de suas obrigações filiais, muito pelo contrário, era por causa de seu profundo senso delas que o Sr. Grew tão persistentemente buscava minimizá-las e aliviá-las. Foi ele quem de maneira insistente apontou para Ronald a imensa dificuldade de ir de Nova York ao Brooklyn.

"Pode argumentar o quanto quiser, mas isso abocanha um tanto de tempo do seu dia, e não há utilidade em um dia pela metade. Você disse que vai jantar fora no próximo domingo? Então eu o proíbo de vir aqui para o almoço. Me entendeu bem, senhor? Desobedecendo, corre o risco de ser amaldiçoado por seu pai! Onde você disse que ia jantar? Com os Waltham Bankshires de novo? Puxa, é a segunda vez em três semanas, não é? Magnífico, eu suponho. Pratos de ouro e orquídeas — cantores de ópera depois do jantar? Imagine, você a caminho daqui dentro de um barco com a neblina no rio, preso no meio do percurso. Belo jeito de agradecer a Sra. Bankshire pela atenção que lhe dispensou — convidando um pavão como você duas vezes em três semanas! (Qual é o nome da filha — Daisy?) Não, senhor — não venha passear aqui no domingo, ou solto os cachorros em cima de você. Além do mais, pensando bem, você não me encontraria aqui de todo modo. Eu mesmo vou almoçar fora, por acaso — sim, senhor, almoçar fora. Há algo particularmente estranho com o meu almoço fora? Não almoço fora com frequência, não é? Bem, isso não é motivo para que eu nunca vá. Com quem? Ora, com quem — com o velho Dr. Bleaker: Dr. Eliphalet Bleaker. Não, você não o conhece — é um velho amigo meu e de sua mãe."

Aos poucos, a insistência de Ronald tornou-se um obstáculo menos difícil de superar. Com sua doçura e tato costumeiros (como o Sr. Grew disse), ele começou a "entender a indireta", e a ceder ao crescente desejo de solidão do "velho homem".

"Estou preso aos meus hábitos, Ronny, é mais ou menos isso; gosto de fazer tique-taque como um relógio. Sempre fiz isso. E quando você chega de supetão, nunca sei se há comida o suficiente — ou se mandei Maria passear. E não quero que os vizinhos me vejam abrindo minha própria porta para meu filho. Esse é o tipo de esnobe patético que sou. Não me denuncie, ok? Quero que pensem que mantenho quatro ou cinco lacaios à disposição no corredor dia e noite — como aqueles no saguão dos hotéis da Quinta Avenida. E você aparecendo de surpresa, como vou manter o blefe?"

Ronald cedeu depois de alguma resistência — sua sensibilidade intuitiva usada na medida certa, em trocas sociais, era uma das qualidades que seu pai mais admirava nele. Nesse sentido, as percepções do Sr. Grew eram provavelmente mais aguçadas do que suspeitava o seu filho. A essência de homens baixos e atarracados, com feições rechonchudas, bigodes de costeleta de bode e olhos claros olhando entre dobras de gordura como grãos de amêndoa em cascas meio partidas — uma essência assim encoberta não se revela ao escrutínio do senso comum como delicados instrumentos sensíveis. Mas, apesar do denso disfarce sob o qual caminhava, o Sr. Grew se entusiasmava ricamente em resposta a cada convite à imaginação; e seu filho Ronald estava infinitamente estimulando e alimentava suas hipóteses.

Ronald, de fato, era a única fuga de seu pai de uma característica impenetrável da própria mediocridade que sempre o cercara. Para um homem tão apaixonado pela beleza e tão pouco qualificado para enriquecê-la em sua soma total, era um maravilhoso privilégio ter concedido ao mundo tal ser. A semelhança de Ronald com o que, inicialmente, Sr. Grew imaginava sobre a própria aparência e jeito, pode ter soprado nova esperança à desacreditada teoria das idealizações pré-

-natais. De qualquer forma, se o jovem devia sua beleza, sua distinção e sua maneira cativante às aspirações de um de seus pais, certamente era às do Sr. Grew, que, embora, na superfície, dedicasse sua vida à fabricação e distribuição das Fivelas de Suspensórios Grew, no fundo, movia-se em um mundo encantado habitado por personagens de um romance. Nesse faz de conta, o Sr. Grew era uma figura tão brilhante quanto qualquer um de seus nobres fantasmas; e ver a projeção de si mesmo repentinamente refletida no mundo exterior na figura do filho brilhante e galanteador pareceu-lhe, em retrospecto, dar àquela imagem uma realidade concreta — ainda que tardia. Houve alguns momentos em que, se esquecendo de quem era, Sr. Grew disse a si mesmo que se tivesse tido "metade da chance", poderia ter se saído tão bem quanto Ronald; mas isso apenas alimentou sua determinação para que Ronald se saísse ainda melhor.

A habilidade social que tinha Ronald quase se igualava ao seu dom de ser bem-apessoado. O Sr. Grew constantemente dizia a si mesmo que o rapaz "não era um gênio"; mas, exceto por esse pequeno defeito, ele era quase tudo aquilo com que um pai poderia sonhar. Até mesmo em Harvard ele foi capaz de ser várias coisas desejáveis de uma só vez — escrever poesia na revista da faculdade, tocar deliciosamente "de ouvido", ter conduta irrepreensível em seus estudos e, ainda assim, manter-se firme no grupo de convívio que formava, por assim dizer, o portal do templo da Alta Sociedade. As certezas do Sr. Grew não preveniam sua clara vontade de que seu filho passasse por aquele portal; mas o desejo não era motivado por questões materiais. Era a ideia de que, na corrente áspera e apressada da nova civilização, pequenas ilhas de lazer e divertimento poderiam proporcionar uma criação sensível, bênçãos materiais, bem como refinamentos morais, que tendem a ser arrancados e varridos pela correnteza da torrente principal. Sua teoria tinha como base o fato de ele ter simpatizado com as poucas pessoas da "sociedade" que ele mesmo havia conhecido — tinha achado suas boas maneiras mais simples, suas vozes mais agradáveis, suas visões mais de acordo com as dele, do que aquelas dos cidadãos comuns de Wingfield. Mas, por outro lado, ele não conhecera muitas delas.

O carisma de Ronald não precisava de incentivo da mesma natureza. Ele vivia normalmente, sem receios, todas essas coisas elevadas e excepcionais sobre as quais a imaginação de seu pai pairou por tanto tempo, tímida e ineficazmente; desde o início, ele era o que o Sr. Grew sonhava ser. E tão nítida e tão detalhada era a visão do Sr. Grew de sua própria carreira imaginária que, à medida que Ronald crescia e começava a viajar em uma órbita cada vez maior, seu pai tinha uma sensação estranha do ponto até onde tal carreira se desenrolava diante dele. Em Harvard, o filho fez exatamente o que esse imaginário Mason Grew teria feito, não fosse seu eu verdadeiro que, na mesma idade, galgava uma posição na velha fábrica de botões de Slagden — empresa que mais tarde ganharia fama, e até notoriedade, como o lugar onde nasceu a Fivelas de Suspensórios Grew. Depois, enquanto o Grew verdadeiro passava da fábrica para a mesa de contabilidade, seu duplo invisível estava estudando Direito em Columbia — justamente o que Ronald fez! Mas foi quando o jovem deixou para trás os caminhos traçados para ele pela mão paterna e se lançou corajosamente ao mundo, que suas aventuras começaram a se assemelhar surpreendentemente àquelas do irrealizado Mason Grew. Foi em Nova York que o cenário das primeiras façanhas desse ser hipotético foi estabelecido; e em Nova York Ronald alcançaria seu primeiro triunfo. Nada na imaginação do Sr. Grew era contido ou tímido; nada o detinha entre Wingfield e a metrópole. E o verdadeiro Ronald tinha a mesma visão cósmica de seus pais. Seu riso de desdém afastou o apelo sentimental de sua mãe para que ele ficasse em Wingfield e continuasse a dinastia da Fivelas de Suspensórios Grew. O Sr. Grew sabia que, na realidade, Ronald estremecia diante da Fivelas, detestava-a, se envergonhava por sua conexão com a fábrica. No entanto, foi a Fivelas que lhe proporcionou passar por Groton, Harvard e a Faculdade de Direito, e lhe permitiu entrar no escritório de um distinto advogado corporativo, em vez de ser escravizado por algum negócio sórdido de lucros rápidos. A Fivelas tinha sido a fada madrinha de Ronald — mas seu pai não o culpava por abominá-la e renegá-la. O próprio Sr. Grew muitas vezes se arrependia amargamente de ter associado o próprio nome ao instrumento de seu sucesso material, embora, na época, isso tivesse sido um natural resultado de seu romantismo. Quando inventou a Fivelas e tirou sua patente, ele e a esposa sentiram como se, ao dar o nome a ela, estivessem nomeando um navio de guerra ou um pico dos Andes.

A Sra. Grew não conheceu outra coisa; mas o Sr. Grew amargou seu erro antes de Ronald concluir a escola. Primeiro, ele notou o olho roxo do filho. A harmonia de Ronald tinha sido manchada pelo punho insolente de um aluno do quarto ano, a quem ele tinha reclamado por aludir ao seu pai como "Fivela Velha"; e quando o Sr. Grew ouviu o epíteto, viu num piscar de olhos que a Fivelas era algo do que se envergonhar. Era tarde demais para dissociar seu nome da fábrica, ou apagar dos outdoors de todo o continente a imagem de dois cavalheiros, um se contorcendo num esforço descomunal para consertar uma cinta quebrada, enquanto a facilidade natural na atitude do outro exibia sua confiança na Fivelas de Suspensórios Grew. Essas lembranças eram indeléveis, mas Ronald poderia pelo menos ter sido poupado da associação direta a elas; e daquele dia em diante o Sr. Grew decidiu que o menino não deveria retornar a Wingfield.

— Você vai ver — ele disse à Sra. Grew —, ele vai se estabelecer em Nova York. Ronald puxou a mim para essas coisas — acrescentou, estufando o peito.

— Mas onde você se estabeleceu foi nos negócios — protestou a Sra. Grew, que era larga e simples.

O peito do Sr. Grew desabou, e de repente ele se deu conta do rosto cômico com a borda de bigodes cor de areia. — Não foi só nisso que me estabeleci — disse, com um ar melancólico que escapou da observação de sua esposa.

— Bem, é claro que você poderia ter sido um belo escritor — ela respondeu com olhos admirados.

— Escritor? Eu! — O Sr. Grew se fez de sarcástico.

— Ora, aquelas cartas — me diz se elas não eram lindas, quero saber!

O casal trocou um olhar, inocentemente alusivo e divertido por parte da esposa, mas carregado de um toque repentinamente trágico por parte do marido.

— Bem, tenho que ir para o escritório agora — ele disse, arrastando-se da sua cadeira de balanço.

Isso aconteceu enquanto Ronald ainda estava na escola; e

agora a Sra. Grew descansava no cemitério de Wingfield, sob uma placa com as Três Virtudes, em tamanho humano que ela mesma escolheu, e os prognósticos do Sr. Grew quanto à capacidade de Ronald "se estabelecer" em Nova York estavam sendo cada vez mais brilhantemente cumpridos.

II

Ronald obedeceu à ordem de não ir encontrar o pai para almoçar no dia do jantar dos Bankshires; mas no meio da semana seguinte, o Sr. Grew foi surpreendido por um telegrama do filho.

"Quero tratar de um assunto importante. Espere-me amanhã à tarde."

O Sr. Grew recebeu o telegrama depois do café da manhã. Para lê-lo, tirou os olhos de um parágrafo do jornal da manhã descrevendo um jantar à fantasia que acontecera na noite anterior na casa dos Hamilton Gliddens para a inauguração de seu novo palácio na Quinta Avenida.

"Entre os casais que depois dançaram na Quadrilha dos Poetas estavam a Srta. Daisy Bankshire, ainda mais adorável do que o usual como Laura, e o Sr. Ronald Grew como o jovem Petrarca."

Petrarca e Laura![1] Bem — se aquilo significava alguma coisa, o Sr. Grew supôs que sabia o que era. Nas últimas semanas, ele notou como os nomes dos jovens apareciam constantemente juntos nas colunas sociais que ele devorava tão

1 Referência ao poeta italiano Francesco Petrarca (1304-1374) e sua musa Laura, celebrada em seus sonetos como objeto de um amor idealizado e inatingível.

insaciavelmente. Até o repórter desalmado estava se habituando a juntá-los em suas listas. E esse negócio de Laura e Petrarca era quase um anúncio...

O Sr. Grew largou o telegrama, limpou os óculos e releu o parágrafo. "Senhorita Daisy Bankshire... ainda mais adorável do que o usual." Sim; ela era adorável. Ele vinha vendo seu rosto com frequência nos jornais — a tinha visto atuar em todas as futilidades possíveis: acariciando seu premiado buldogue, brincando com seu puro-sangue, dançando a *gavotte*, retalhos e plumas, ou dedilhando um violão, toda em tules e lírios; numa ocasião, ele a viu de relance no teatro. Quando soube que Ronald iria a uma sofisticada estreia com os Bankshires, o Sr. Grew, pela primeira vez, passou por cima de sua repugnância em seguir os passos do filho e garantiu para si, embaixo de um sombrio balcão, um lugar de onde pudesse observar o camarote dos Bankshire sem receio de ser visto. Ronald nunca soube da presença do pai na peça; e por três belas horas o Sr. Grew pôde observar a cabeça escura de seu filho curvada sobre os densos cabelos louros e o ombro branco, e isso era tudo o que ele conseguia ver da bela Srta. Bankshire.

Ele se lembrou daquela imagem; e com ela veio, como sempre, seu duplo fantasmagórico: a visão de seu jovem eu curvado sobre um ombro tão branco e um cabelo tão brilhante. Evidentemente Mason Grew nunca se viu numa situação assim tão invejável. A falecida Sra. Grew não tinha qualquer semelhança com a Srta. Daisy Bankshire, tal como ele também não se parecia em nada com o feliz e vitorioso Ronald. E o mistério era que de seus rostos sem vida e de seus carinhos opacos surgiu o milagre que foi o filho. Era quase — incrivelmente — como se o menino tivesse sido levado ali por um ser mitológico, filho de uma noite latmiana, que foi sorrateiramente colocado no berço do quarto em Wingfield pela divindade dos delírios do Sr. Grew, enquanto ele e a esposa dormiam o sono profundo da indiferença conjugal.

Mas o jovem Mason Grew não aceitou facilmente esse episódio de natureza mística como a completa anulação dos seus direitos ao romance. Fez pontaria para o alto e, com seu hábito de querer tudo quando queria alguma coisa, escolheu a moça mais bonita de Wingfield. Quando ele se lembrava da sua declaração gaguejada de amor, seu rosto ainda formigava com o olhar frio e espantado. Sua impressionante audácia a deixou muda; e quando ela recuperou a voz, foi para gozar da cara dele:

— Olha, não se desanime... Você já pensou na Addie Wicks?

Todos os de Wingfield entenderiam a piada: Addie Wicks era a moça mais chata da cidade. E um ano depois foi com Addie Wicks que ele se casou...

Ele tirou os olhos do telegrama de Ronald com essa lembrança em mente. Agora, finalmente seu sonho estava se tornando realidade! As alegrias que foram feitas de chacota na sua juventude frustrada e meia-idade sem graça seriam, enfim, experimentadas pelo seu filho. E era justo que elas se tornassem reais ao destino de Ronald. Ronald foi feito para segurar a felicidade corajosamente pela mão e levá-la para casa como um homem leva sua noiva. Ele tinha a aparência, a confiança, a fé inabalável na sorte, elementos que sensibilizam até a mais teimosa das previsões. E, graças à Fivelas, ele tinha uma objetividade elegante que fazia dele um homem de sucesso.

Desde que o Sr. Grew se aposentou dos negócios, seus investimentos prosperaram, e ele vinha economizando sua renda com esse propósito. Suas próprias necessidades eram escassas: havia trazido os móveis de Wingfield para o Brooklyn, e sua sala de estar era uma réplica daquela em que passou seus longos anos de casamento. Até mesmo o carpete florido onde Ronald deu seus primeiros passos foi cuidadosamente substituído quando o original ficou puído demais. E sobre a mesa de centro em mármore, com sua toalha frisada e um arranjo de capim-dos-pampas tingido, estavam um Longfellow[2] ilustrado e a cópia das conferências de Ingersoll[3], que, para o Sr. Grew, significavam literatura quando ele levou sua noiva para casa. À luz do romance de Ronald, o Sr. Grew se viu revivendo, com uma estranha mistura de pequena dor e ternura, todas as infelizes circunstâncias prosaicas de sua própria história pessoal. Curiosamente, com uma espécie de destaque sobre essas circunstâncias, elas passaram a emitir um leve raio tênue particular. A poltrona de sua esposa, em seu lugar habitual perto da lareira, fazia lembrar sua presença plácida e discreta, sentada em frente a ele durante os longos anos sonolentos; e ele sentiu sua gentileza, sua equanimidade, onde antes ele havia sofrido com seu simplismo. Então, da cadeira olhou para a grande fotografia desbotada na parede acima, com uma guirlanda marrom quebradiça suspensa em um canto da moldura. A fotografia mostrava um jovem com uma singela gravata, cabelos soltos, apoiado displicentemente no encosto de uma cadeira em estilo gótico, segurando um

2 Henry Wadsworth Longfellow (1807-1882), poeta americano.

3 Referência às palestras e discursos de Robert Green Ingersoll (1833-1899), famoso orador, advogado e livre-pensador norte-americano do século XIX.

rolo de partitura; e abaixo estava rabiscado um compasso de Chopin, com as palavras: "Adieu, Adele."

O retrato era do grande pianista Fortune Dolbrowski; e sua presença na parede da sala de estar do Sr. Grew celebrava a única hora magnífica de sua vida, exceto a do nascimento de Ronald. Foi bem antes de Ronald nascer, poucos meses após o casamento do Sr. Grew, que ele levou sua esposa a Nova York para ouvir o grande Dolbrowski. A noite deles foi magicamente linda, e até Addie, despertada de sua inexpressividade habitual, estremeceu em uma manifestação momentânea de vida. "Eu nunca — eu nunca —", ela engasgou quando eles retornaram ao quarto de hotel e ficaram sentados olhando para o que tinha acontecido, extasiados com as evocações da noite. Seu grande rosto imóvel estava rosado e trêmulo, e ela sentou-se com as mãos nos joelhos, esquecendo-se de enrolar os cordões da touca e preparar seus rolinhos de cabelo.

— Eu gostaria de escrever a ele exatamente sobre como eu me senti — mas queria saber como! — ela explodiu repentinamente numa derradeira efervescência de emoção.

O marido levantou a cabeça e fitou-a.

— Você também? Eu me sinto exatamente assim — ele disse com uma risada envergonhada. E eles continuaram a se encarar timidamente através de uma névoa transfigurada de som.

O Sr. Grew se lembrou da cena enquanto olhava para a fotografia desbotada do pianista. — Bem, de qualquer forma, eu devo isso a ela, pobre Addie! — disse, sorrindo das inconsequências do destino. Com o telegrama de Ronald na mão, sentiu-se inclinado à compaixão.

III

— Vinte e cinco mil limpinhos por ano: é isso aí e com todo o prazer — disse o Sr. Grew, olhando benevolentemente para o rosto do seu filho sentado do outro lado da mesa.

Ocorreu-lhe, no entanto, que um dos dons de Ronald era não se deixar abalar de forma tão aparente. Qualquer outro rapaz, em seu lugar, sentiria calor, aperto e vermelhidão debaixo do colarinho; mas as bochechas de Ronald estavam na verdade um tom mais pálidas, e esse contraste tornava seus olhos escuros ainda mais expressivos.

— Vinte e cinco mil; sim, senhor — é isso mesmo que você sempre mereceu.

O Sr. Grew se recostou, suas mãos enfiadas descuidadamente nos bolsos, como se para desviar a atenção das suas feições agitadas. Ele sempre se imaginou dizendo essa frase para Ronald, e agora que ela estava realmente em seus lábios, ele não conseguia controlar o tremor.

Ronald ouviu em silêncio, levantando uma mão nervosa para seu bigode levemente escuro, como se ele também quisesse esconder alguma traição involuntária de emoção. A princípio, o Sr. Grew interpretou seu silêncio como uma expressão de surpresa feliz; mas, à medida que se prolongava, tornou-se menos fácil de interpretar.

— Eu — veja bem, meu rapaz; você esperava mais? Isso não é o suficiente? — O Sr. Grew pigarreou. — A família espera mais? — perguntou nervosamente. Ele mal conseguia encarar a dor de infligir uma decepção a Ronald num momento desses, em que imaginava dar o toque final à felicidade do filho.

O rapaz se mexeu inquieto na cadeira, e seus olhos vagaram olhando para cima, para a fotografia do pianista coroada de louros acima da cabeça de seu pai.

— É isso, Ronald? Fale, meu rapaz. Nós vemos isso, daremos um jeito — eu darei um jeito.

— Não, não — interrompeu o jovem, levantando abruptamente a mão como se quisesse silenciar o pai.

O Sr. Grew recuperou a alegria. — Então, se ela quer, qual é o problema?

Ronald mudou de posição novamente e, enfim, se levantou.

— Pai... eu, tem algo que preciso lhe dizer. Não posso aceitar seu dinheiro.

O Sr. Grew emudeceu por um momento, olhando fixamente para o filho; então soltou uma risada intrigada. — Meu dinheiro? Do que você está falando? O que é isso de meu dinheiro? Ora, não é meu, Ronny; é todo seu — cada centavo dele! — ele interpelou.

O jovem, em seu olhar terno, fez um gesto como se recusasse aquilo tragicamente.

— Não, não, não é meu — nem mesmo no sentido que você quer dizer. De jeito nenhum. Você não consegue entender como me sinto?

— Como assim "como se sente"? Não sei como você se sente. Não sei do que está falando. Você é orgulhoso demais para tocar em dinheiro que não ganhou? É isso que está tentando me dizer?

— Não. Não é isso. Você sabe –.

O Sr. Grew corou até a ponta de seus bigodes eriçados. — Saber? Saber o quê? Você não consegue falar?

Ronald hesitou, e os dois homens se encararam por um longo e tenso momento, durante o qual o semblante confuso do Sr. Grew gradualmente empalideceu novamente.

— O que significa isso? Você fez alguma coisa... algo de que tenha vergonha... vergonha de me contar? — ele de repente arfou; e andando ao redor da mesa, colocou a mão no ombro do filho. — Não há nada que você não possa me dizer, meu garoto.

— Não é isso. Por que você está dificultando isso para mim? — Ronald explodiu disparatadamente — Você sabia que ia acontecer mais cedo ou mais tarde.

— Acontecer? O que ia acontecer com toda essa certeza –? — A pergunta do Sr. Grew vacilou em seus lábios e se transformou em uma risada trêmula. — É algo que eu fiz e que você não aprova? É... é da Fivelas que você tem vergonha, Ronald Grew?

Ronald riu também, impaciente. — Da Fivelas? Não, eu não tenho vergonha da Fivelas; não mais do que você — respondeu com um rubor repentino. — Mas tenho vergonha de tudo que devo à fábrica... tudo que devo a você –. — Ele parou e deu alguns passos sem rumo pela sala. — Você pode facilitar essa situação para mim — protestou, virando-se para o pai.

— Facilitar o quê? Cada vez entendo menos o que você quer dizer — o Sr. Grew resmungou.

Os passos de Ronald mais uma vez o posicionaram embaixo da fotografia na parede. Ele levantou a cabeça por um momento e olhou para ela; então novamente para o Sr. Grew.

— Você acha que eu nunca soube?

— Soube –?

— Antes até de você me dar essas cartas — depois da morte da mãe —, mesmo antes disso, eu suspeitava. Não sei como isso começou... talvez por pequenas coisas que você deixava escapar... você e ela... e semelhanças que eu não conseguia deixar de notar... em mim mesmo... Como assim você achou que eu não adivinharia? Sempre pensei que me entregar as cartas fosse uma forma de me contar –.

O Sr. Grew levantou-se lentamente da cadeira. — As cartas? As cartas de Dolbrowski?

Ronald assentiu com os lábios empalidecidos. — Você deve se lembrar de tê-las entregado a mim no dia seguinte ao funeral.

O Sr. Grew assentiu de volta. — Claro. Eu queria que você tivesse tudo o que era precioso para sua mãe.

— Bem — e como era possível evitar saber disso?

— Saber o quê? — O Sr. Grew olhou desarmado para o filho. De repente, seu olhar captou uma pista que pareceu confrontá-lo com uma perplexidade mais profunda. — Você achou — você achou que aquelas cartas... as cartas de Dolbrowski... você achou que elas significavam...

— Ah, não eram só as cartas. Havia tantos outros sinais. Meu amor pela música — minha — minha visão de vida... e da arte... Então, quando você me entregou as cartas, pensei que queria que eu soubesse.

O Sr. Grew ficou quieto. Seus lábios estavam firmes, e seus pequenos olhos fitavam fixamente através das pálpebras enrugadas.

— Que você é filho de Fortune Dolbrowski?

Ronald fez um sinal mudo de assentimento.

— Entendo. E o que você pretendia fazer em relação a isso?

— Eu pretendia esperar até poder ganhar a vida, e então retribuir... tanto quanto eu pudesse retribuir... Mas agora que há a possibilidade de eu me casar... e a sua generosidade é inevitável... sou obrigado a falar.

— Entendo — disse o Sr. Grew novamente. Ele se sentou na cadeira, olhando fixamente e sem qualquer resquício de crueldade para o jovem. — Sente-se, Ronald. Vamos conversar.

Ronald fez um movimento de protesto. — Não há proveito a ser tirado disso! Você não pode me mudar — mudar o que eu sinto. Ler essas cartas transformou a minha vida — eu era um menino até então: elas fizeram de mim um homem. A partir daquele momento, eu me compreendi. — Ele fez uma pausa e então olhou para o rosto do Sr. Grew. — Não pense que eu não aprecio sua gentileza — sua generosidade fora do comum. Mas eu não posso viver a vida sob um disfarce. E eu quero que você saiba que eu não conquistei Daisy sob falsos pretextos –.

Ronald, então, ouviu pela primeira vez dos lábios do Sr. Grew um palavrão.

— Seu rapaz idiota, você, você não contou a ela –?

Ronald levantou depressa a cabeça. — Ah, você não a conhece, não, senhor! Ela não me julga ser pior por saber do meu segredo. Ela está acima e além de todos esses preconceitos convencionais; tem orgulho da minha ascendência — ele endireitou os ombros jovens e magros — assim como eu tenho orgulho disso... sim, senhor, tenho orgulho disso...

O Sr. Grew afundou-se no assento com uma risada seca. — E deveria mesmo ter. Você vem de boa linhagem. E você é igual ao seu pai, cada centímetro de você! — Ele riu novamente, como se a comicidade da situação crescesse nele com sua contemplação mais atenta.

— Sim, eu sempre senti isso — Ronald murmurou, corando.

— Filho de seu pai, sem dúvida. — O Sr. Grew se inclinou para frente. — Você é filho de um idiota tão grande quanto você. E aqui está ele, Ronald Grew.

O rubor do jovem se aprofundou para o vermelho; mas o Sr. Grew conteve sua resposta com um gesto decisivo. — Aqui está ele, com todas as suas bobagens jovens ainda vivas nele. Você não vê a semelhança? Se não vir, eu lhe contarei a história dessas cartas.

Ronald olhou fixamente. — O que você quer dizer com isso? Elas não dizem o que está escrito nelas?

— Eu supus que sim quando as entreguei a você; mas você virou as coisas de tal forma que preciso endireitá-las. — O Sr. Grew arrumou os cotovelos na mesa e olhou para o jovem sentado do outro lado entre os livros e o arranjo de pampas tingidas. — Fui eu que escrevi todas as cartas que Dolbrowski respondeu.

Ronald devolveu o olhar com perplexidade sombria. — Você as escreveu? Não compreendo. As cartas dele são todas endereçadas à minha mãe.

— Sim. E ele pensou que estivesse se correspondendo com ela.

— Mas e a mãe — o que ela achou disso?

O Sr. Grew hesitou, franzindo as pálpebras grossas. — Bem, acho que ela supôs que fosse uma espécie de piada. Sua mãe não tinha muita opinião sobre as coisas.

Ronald continuou a franzir a testa, intrigado. — Não

compreendo — reiterou.

O empresário limpou a garganta com uma risada nervosa. — Bem, não sei como você vai receber isso, mas foi assim que aconteceu. Eu passei por um período difícil quando mais jovem. Ah, e não me refiro à luta que tive que travar para seguir meu caminho — sempre houve muita luta no meu caminho. Mas por dentro eu me sentia um pouco solitário. E como consequência, eu não era muito popular. — Ele riu de novo, com um gesto envergonhado em direção ao seu rosto largo e ansioso. — Quando eu andava com os outros rapazes, era sempre o caso perdido — aquele que tinha que comer as carnes magras e dançar com as sobras. Era só ter uma que precisasse de caridade num piquenique e lá estava eu para empurrá-la no balanço, alimentá-la e levá-la para casa. E durante esse tempo todo eu só queria o que você tem: poesia e música e toda essa coisa de alegria o tempo inteiro. Então éramos nós dois — eu e minha imaginação — acorrentados juntos, brigando e odiando um ao outro como veneno.

"Então sua mãe apareceu e teve pena de mim. Ela aprumou um sujeito desajeitado que encontrou uma garota que não tinha vergonha de ser vista passeando com ele aos domingos. E eu era grato à sua mãe, e nós nos dávamos muito bem. Só que eu não sabia me declarar a ela — e ela não conseguia dizer nada. Bem, um dia, alguns meses depois de nos casarmos, Dolbrowski veio para Nova York, e foi um frenesi. Não que eu fosse habituado a ouvir boa música, mas eu tinha alguma ideia de como deveria ser, ainda que eu não saiba exatamente como. Bem, sua mãe também ficou sabendo do concerto pelos jornais, e achou que seria a coisa mais chique do mundo ir para Nova York e ouvi-lo tocar, então nós fomos...

Eu nunca vou me esquecer daquela noite. Sua mãe não se entusiasmava facilmente, sempre muito contida. Mas naquela noite ela entendeu o que estava sentindo. E quando voltamos para o hotel, ela disse de repente: — Eu gostaria de dizer a ele como me sinto. Eu gostaria de sentar e escrever para ele."

— Você escreveria para ele? — perguntei. — Eu também escreveria.

— Com papel e canetas ali, peguei uma folha e comecei a escrever. — É isso que você gostaria de dizer a ele? — perguntei-lhe quando a carta estava pronta. E ela ficou enrubescida e respondeu: — Não entendi bem, mas soa adorável. — E ela copiou, assinou seu nome e enviou.

O Sr. Grew parou por um instante, e Ronald ficou em silêncio, com os olhos baixos.

— Foi assim que tudo começou; e assim pensei que terminaria. Mas não terminou, porque Dolbrowski respondeu. Sua primeira carta foi datada de 10 de janeiro de 1872. Você pode conferir. Bem, ouvi sua música novamente, e escrevi para ele depois da apresentação, e ele respondeu em seguida. Depois disso, continuamos assim por seis meses. Sua mãe sempre copiava as cartas e as assinava. Ela parecia pensar que era uma piada inconsequente, e estava orgulhosa das respostas às cartas. Mas ela nunca voltou a Nova York para ouvi-lo, embora eu tenha economizado o suficiente para presenteá-la com o mesmo mimo. Mas ela era muito preguiçosa, e deixou que eu fosse sozinho. Fui a três dos seus concertos em Nova York; e na primavera ele foi a Wingfield e se apresentou na Academia. Sua mãe estava doente e não pôde ir; então eu fui sozinho. Depois do concerto, eu tentei fazer com que um dos diretores me levasse para conhecê-lo; mas na hora h, eu simplesmente voltei para casa e escrevi para ele. No mês seguinte, antes de voltar para a Europa, ele enviou um último bilhete para sua mãe, e essa foto pendurada aí...

O Sr. Grew fez outra pausa, e ambos olharam para a fotografia.

— E é só isso? — Ronald perguntou lentamente.

— É só isso; tim-tim por tim-tim — disse o pai.

— E a mãe, ela nunca falou com Dolbrowski?

— Nunca. Ela nunca o viu, a não ser naquele concerto em Nova York.

O sangue subiu novamente ao rosto de Ronald. — Tem certeza disso, senhor? — ele perguntou com a voz trêmula.

— Tanta certeza quanto a convicção de que estou aqui agora. Imagine, depois que deixou de ser novidade, ela tinha preguiça de ler as cartas dele. Copiava as respostas só para me deixar contente — e sempre disse que não entendia bem sobre o que escrevíamos.

— Mas como você teve coragem de continuar com essa correspondência? É inacreditável!

O Sr. Grew olhou calmamente para o filho. — De fato, para você soa inacreditável. Você, por outro lado, teve tudo de mão beijada, todas as coisas pelas quais eu tinha tanta sede: música, boa conversa e ideias. Essas cartas me deram tudo isso. Você as leu e sabe que Dolbrowski não era apenas um grande músico, mas um grande homem. Tudo que há de belo no mundo ele viu, tudo de bom no mundo ele pôde experimentar. Por seis meses respirei seu ar, e tenho vivido disso desde então. Você entende melhor agora?

— Sim — um pouco. Mas por que escrever em nome da minha mãe? Por que uma correspondência sentimental?

O Sr. Grew ficou vermelho até as têmporas calvas. — Bom, as coisas começaram assim como uma brincadeira inconsequente. E quando percebi que a primeira carta o agradou e interessou, fiquei com medo de dizer a verdade — não podia contar a ele. Você acha que ele teria continuado a escrever se soubesse disso, Ronny?

Ronald olhou para o pai de repente com novos olhos. — Mas ele deve ter achado suas cartas muito bonitas — para continuar a responder como fez — desabafou.

— Bem — eu fiz o melhor que pude — disse o Sr. Grew modestamente.

Ronald continuou. — Eu me pergunto onde estão todas as suas cartas? Elas não foram devolvidas a você quando ele morreu?

O Sr. Grew riu. — Não, senhor. Acho que ele tinha baús e baús cheios de cartas muito melhores. Rainhas e imperatrizes deviam escrever para ele.

— Eu gostaria de ter visto suas cartas — o jovem insistiu.

— Bem, elas não eram ruins — disse secamente. — Mas eu vou te dizer uma coisa, Ronny — ele acrescentou de repente. Ronald levantou a cabeça com um olhar rápido, e o Sr. Grew continuou: — Eu vou te dizer onde está o melhor dessas cartas — está em você. Se não fosse por aquele olhar para a vida, eu não poderia ter feito de você o que você é. Ah, eu sei que fez muito através dos próprios esforços, mas eu estive lá atrás de você o tempo todo. E você nunca saberá o trabalho e tempo dos quais eu poupei você. Fortune Dolbrowski me ajudou com isso. Nunca mais vi as mesquinharias das coisas depois que olhei para elas com ele. E tentei lhe dar uma visão da vida ampla desde o início... Então foi isso que aconteceu com minhas cartas.

O Sr. Grew fez uma pausa, e por um longo tempo Ronald ficou sentado imóvel, os cotovelos na mesa, o rosto caído nas mãos.

De repente, o toque do Sr. Grew caiu em seu ombro.

— Olhe aqui, Ronald Grew, você quer que eu te diga como está se sentindo agora? Um pouco decepcionado, afinal, você não é a figura romântica que pensou que fosse... O que é natural, aliás; mas eu vou lhe dizer o que isso prova. Isso prova que você é meu filho, como se mais alguma prova fosse necessária. Pois é exatamente o tipo de bobagem idiota que eu costumava sentir na sua idade — e se há alguém aqui que é motivo de chacota sou eu mesmo, e não você. E você pode rir de mim o quanto quiser...

OS OLHOS

I

Naquela noite, ao ouvirmos uma história de Fred Murchard sobre uma aparição estranha, depois de um belo jantar na casa do amigo Culwin, ficamos todos empolgados para falar de fantasmas.

Vista através da névoa dos nossos charutos e pelo brilho sonolento do fogo da lareira, a biblioteca de Culwin, com suas paredes de carvalho e antigas encadernações escuras, era o cenário perfeito para tais invocações; e então, depois do pontapé inicial de Murchard, procedemos a fazer um balanço do nosso grupo e cobrar de cada membro uma contribuição, já que experiências pessoais com espectros eram as únicas bem-vindas para nós. Éramos oito, e sete conseguiram, de uma maneira mais ou menos adequada, cumprir a condição imposta. Surpreendeu-nos descobrir que tínhamos tantas experiências sobrenaturais, pois nenhum de nós, exceto o próprio Murchard e o jovem Phil Frenham — cuja história era a mais fraca — tinha o hábito de se conectar com o invisível. De modo que, no geral, tínhamos todos os motivos para nos orgulharmos de nossas sete manifestações, e nenhum de nós sonharia em contar com uma oitava, de nosso anfitrião.

Nosso velho amigo, o Sr. Andrew Culwin, que afundado

em sua poltrona, ouvia e piscava através dos círculos de fumaça com a paciência tranquila de um velho ídolo sábio, não era o tipo de homem que pudesse se favorecer de tais contatos com o invisível, embora tivesse imaginação suficiente para desfrutar, sem qualquer inveja, dos privilégios superiores de seus convidados. Por idade e educação, ele pertencia à forte tradição positivista, e seu pensamento havia sido formado nos tempos de lutas travadas entre física e metafísica. Desde então, ele havia sido, essencialmente, um espectador, um observador bem-humorado e imparcial do imenso e confuso show de variedades da vida, fugindo, vez ou outra, do seu conforto para um breve mergulho nos convívios nos fundos da casa, mas nunca, até onde se sabia, mostrando o menor interesse em subir no palco para reivindicar a sua "fala".

Entre seus contemporâneos, pairava uma lenda de que ele, num período remoto e em um clima romântico, tinha sido ferido em um duelo; mas essa história não condizia tanto com o que nós, os mais jovens, sabíamos de seu caráter, assim como a afirmação de minha mãe de que ele tinha sido "um jovem charmoso de belos olhos", e tais características não correspondiam a qualquer possível reconstituição de sua fisionomia seca e abatida.

— Não acho que sua aparência tenha sido diferente da de um monte de gravetos — Murchard disse uma vez sobre ele. — Ou um tronco fosforescente, para dizer a verdade — alguém emendou; e reconhecemos o quão precisa era essa descrição de seu pequeno tronco atarracado, com os olhos que piscavam vermelhos como casca de árvore manchada. Ele sempre teve um senso de ócio, o qual nutria e guardava para si, em vez de desperdiçá-lo com atividades vãs. Suas horas cuidadosamente cultivadas tinham sido dedicadas à bela inteligência refinada e a alguns hábitos criteriosamente escolhidos; e nenhuma das preocupações vulgares da experiência humana parecia ter cruzado seu firmamento. Seu escrutínio desapaixonado do universo, no entanto, não modificara sua estima por tal experiência onerosa, e em seu estudo sobre a raça humana parecia ter concluído que todos os homens eram supérfluos, e as mulheres eram necessárias apenas porque alguém precisava cozinhar. Sobre a importância desse ponto, suas convicções eram absolutas, e a gastronomia era a única ciência que ele reverenciava como dogma. Convenhamos que seus jantares íntimos eram um forte argumento a favor desse ponto de vista, além de ser uma razão — embora não a principal — para a fidelidade de seus amigos.

Animicamente, exercia uma hospitalidade menos sedutora, mas não menos estimulante. Sua psique era como um fórum, ou algum ponto de encontro aberto para a troca de ideias: espaço um tanto frio e com correntes de ar, mas leve, amplo e organizado — uma espécie de bosque acadêmico do qual todas as folhas haviam caído. Nessa área privilegiada, uma dúzia de nós costumava alongar nossos músculos e abrir nossos pulmões; e, como se para prolongar o máximo possível a tradição do que sentíamos ser uma instituição em extinção, um ou dois neófitos eram adicionados de vez em quando ao nosso grupo.

O jovem Phil Frenham era o mais recente e o mais interessante desses recrutas, e um bom exemplo da afirmação um tanto mórbida de Murchard de que nosso velho amigo "gostava dos recrutas suculentos". De fato Culwin, apesar de toda sua secura, tinha muito gosto pelos predicados líricos da juventude. Como sua crença epicurista era forte demais para arrancar as flores da alma que reunia no seu jardim, a amizade entre eles não era nociva: pelo contrário, florescia robustamente. E com Phil Frenham ele tinha um bom objeto de experimento. O rapaz era deveras inteligente e de uma solidez de temperamento que era como argila pura sob um verniz delicado. Culwin o havia resgatado de uma névoa espessa de monotonia familiar e o trazido para um pico em Darien; a aventura, por sinal, não o incomodou em nada. Verdade seja dita, a habilidade com que Culwin conseguia estimular sua curiosidade sem roubar-lhe o desabrochar fresco de admiração pareceu-me resposta oportuna à associação de bicho-papão feita por Murchard. Não havia nada de aflito no desabrochar de Frenham, e seu velho amigo não encostara um dedo nas tolices sagradas. Não se poderia desejar prova melhor disso do que o fato de que Frenham ainda as reverenciava em Culwin.

— Há um lado dele que vocês não veem, meus amigos. Eu acredito naquela história de duelo! — ele declarou; e era a própria essência dessa crença que fez com que se atiçasse — assim que nosso pequeno grupo se dispersava — a virar para nosso anfitrião com a demanda absurda: — E agora você tem que nos contar sobre seu fantasma!

A porta se fechou com Murchard e os outros dentro; apenas Frenham e eu permanecemos; e o empregado atento que sabia de tudo sobre Culwin, após nos trazer refrescos de soda, foi laconicamente dispensado.

A sociabilidade de Culwin era uma flor notívaga, e sabíamos que ele esperava que o núcleo de seu grupo se fechasse em torno dele depois da meia-noite. Mas a solicitação de

Frenham pareceu desconcertá-lo de forma risível, e então, ele se levantou da cadeira na qual tinha acabado de se sentar após suas despedidas no corredor.

— Meu fantasma? Você acha que eu seria bobo o suficiente para gastar dinheiro para manter um só pra mim, quando há tantos outros adoráveis nos armários dos meus amigos? — Aqui outro charuto — ele disse, virando-se para a minha direção com uma risada.

Frenham riu também, levantando seu belo porte diante da lareira enquanto se virava para olhar seu amigo baixo e agitado.

— Ah — ele disse —, você não ia querer compartilhar um fantasma se realmente gostasse dele.

Culwin afundou na poltrona, a cabeça peluda embutida em sua cavidade habitual, seus olhinhos brilhando sobre um charuto recém-aceso.

— Se eu gostasse dele — gostasse dele? Meu Deus! — rosnou.

— Ah, então você tem fantasmas! — jogou Frenham para ele, enquanto no mesmo instante lançou um olhar vitorioso de soslaio na minha direção; mas Culwin se encolheu como um gnomo entre suas almofadas, dissimulando-se em uma nuvem protetora de fumaça.

— Por que negar? Você já viu de tudo, então é claro que já viu fantasma! — o jovem insistiu, falando com audácia em direção à névoa de fumaça. — Ou então, se não viu um, viu dois!

Aquele tom pareceu desafiar nosso anfitrião. Ele irrompeu sua cabeça para fora da névoa com um estranho movimento de tartaruga que ele às vezes fazia, e piscou em aprovação para Frenham.

— Sim. — Ele de repente nos fez gargalhar estridentemente. — Vi dois!

Aquelas palavras tão inesperadas afundaram cada vez mais num silêncio insondável, enquanto continuávamos a olhar um para o outro acima da cabeça de Culwin, e enquanto o próprio Culwin olhava para seus fantasmas. Por fim, Frenham, sem dizer nada, jogou-se na cadeira do outro lado da lareira e inclinou-se para a frente com seu sorriso atento...

II

— Ah, é claro que eles não são só fantasmas de exibição — um colecionador não teria qualquer interesse neles... Não esperem tanto... seu único mérito é a força numérica: o fato excepcional de serem dois. Mas, por outro lado, sou obrigado a admitir que a qualquer momento eu provavelmente poderia ter exorcizado os dois pedindo uma receita ao meu médico, ou um par de óculos ao meu oculista. Só que, como eu nunca conseguia decidir se ia ao médico ou ao oculista — estivesse eu aflito por uma ilusão ótica ou digestiva —, eu os deixei seguir sua vida dupla tão interessante, embora às vezes eles me deixassem confortável demais...

"Quero dizer — desconfortável; e vocês sabem como eu odeio o desconforto! Mas isso era por causa do meu orgulho estúpido, quando a coisa começou, de não admitir que eu poderia ficar incomodado com uma coisa tão insignificante quanto ver os dois.

"E não tinha qualquer razão para suspeitar que estivesse doente. Até onde eu sabia, estava apenas entediado — terrivelmente entediado. Mas fazia parte do meu tédio — eu me lembro — me sentir extraordinariamente bem e não saber como gastar minha energia excedente. Eu tinha voltado de uma longa viagem — à América do Sul e ao México — e me instalado para o inverno perto de Nova York, com uma velha tia que conheceu Washington Irving e se correspondeu com N. P. Willis. Ela morava, não muito longe de Irvington, em um casarão gótico úmido, circundado por abetos noruegueses que pareciam cabelos na forma de um santuário memorial. Sua aparência pessoal era bem próxima a essa imagem, e o próprio cabelo — que já não tinha tanto — poderia ter sido sacrificado para a fabricação do santuário.

"Eu tinha chegado ao fim de um ano agitado, com consideráveis dívidas para compensar em dinheiro e emoção; e teoricamente parecia que a hospitalidade suave da minha tia seria tão benéfica para meus nervos quanto para meu bolso. Mas o pior é que assim que me senti seguro e protegido, minha energia começou a reviver; e como eu poderia gastá-la dentro de um santuário memorial? Eu tinha, naquela época, a doce ilusão de que um esforço intelectual frequente poderia ocupar toda a atividade de um homem; e decidi escrever um grande livro — já não me lembro sobre o quê. Minha tia, impressionada com meu plano, me cedeu sua biblioteca gótica, cheia de clássicos em tecido preto e daguerreótipos[1] de celebridades desaparecidas; e sentei-me à minha mesa para garantir um lugar entre eles. E, para facilitar minha tarefa, ela me emprestou uma prima para copiar meu manuscrito.

---

1 Primeiras fotografias produzidas comercialmente, no século XIX. Eram impressas em placas de metal e retratavam pessoas e paisagens com grande nitidez. Os daguerreótipos levam o nome do seu criador: Louis Daguerre.

"A prima era uma boa moça, e na minha cabeça uma boa moça era exatamente o que eu precisava para restaurar minha fé na humanidade e, principalmente, em mim mesmo. Ela não era nem bonita nem inteligente — pobre Alice Nowell! —, mas me interessava observar qualquer mulher contente em ser tão desinteressante, e eu queria descobrir o segredo da sua satisfação. Mas nesse intuito, lidei com isso de forma um tanto precipitada e estraguei tudo — ah, mas só por um momento! Não há vanglória nenhuma em lhes contar isso, pois a pobre garota nunca tinha visto ninguém além de primos...

"Bem, eu estava arrependido do que tinha feito, é claro, e inquietamente incomodado em encontrar uma maneira de colocar isso em ordem. Ela estava hospedada na casa e, uma noite, depois que minha tia foi para a cama, ela desceu até a biblioteca para pegar um livro que havia perdido, como qualquer heroína ingênua nas prateleiras atrás de nós. Ela estava nervosa e com o nariz rosado, e de repente me ocorreu que seu cabelo, embora fosse bastante espesso e bonito, ficaria exatamente igual ao da minha tia quando ela envelhecesse. Fiquei contente ao notar isso, pois tornou-se mais fácil para mim fazer o que era certo; e quando encontrei o livro que ela não havia perdido, disse-lhe que estava partindo para a Europa naquela semana.

"A Europa era terrivelmente distante naquela época, e Alice soube imediatamente o que eu queria dizer. Ela não levou aquilo como eu esperava — teria sido muito mais fácil se sim. Ela segurou seu livro com muita força e se virou por um momento para a chama do lampião da minha escrivaninha — uma cúpula de vidro fosco com folhas de videira e gotas de vidro ao redor da borda, eu me lembro. Então ela voltou, estendeu a mão e disse: 'Adeus.' E enquanto dizia isso, olhou profundamente para mim e me beijou. Eu nunca havia sentido nada tão fresco, tímido e corajoso quanto seu beijo. Era pior do que qualquer reprovação, e me fez sentir envergonhado de merecer uma censura dela. Eu disse a mim mesmo: 'Vou me casar com ela, e quando minha tia morrer ela vai nos deixar esta casa, e eu vou me sentar aqui à escrivaninha e continuar com meu livro; e Alice vai se sentar ali com seu bordado e olhar para mim como ela está olhando agora. E a vida continuará assim por muitos anos.' A perspectiva não me assustou tanto quanto a ideia de magoá-la; e dez minutos depois ela tinha meu anel de selo[2] em seu dedo e minha promessa de que, quando eu fosse para o exterior, ela iria comigo.

"Vocês podem se perguntar por que estou me estendendo sobre esse incidente familiar. É porque a noite em que aconteceu foi a mesma em que tive pela primeira vez a visão estranha de que falei. Como naquela época eu era um crente fervoroso na ideia de causa e efeito, naturalmente tentei traçar algum tipo de ligação entre o que tinha acabado de acontecer comigo na biblioteca da minha tia e o que aconteceria algumas horas depois na mesma noite; e assim a coincidência entre os dois eventos sempre permaneceu em minha mente.

"Fui para a cama com o coração bastante apertado, pois me pesava o tamanho da primeira boa ação que cometi conscientemente; e jovem como eu era, vi a gravidade da minha

2 Um anel de sinete, ou anel de selo, é um tipo de anel tradicional que possui um brasão ou símbolo gravado em relevo em sua face. Era usado principalmente para selar documentos com lacres de cera, deixando uma marca de autenticação pessoal, uma firma.

situação. Não pensem que até então eu tivesse sido um instrumento de destruição. Eu tinha sido apenas um jovem inofensivo, que seguiu seu impulso e recusou toda colaboração com a Providência. Agora, de repente, eu tinha me comprometido a promover a ordem moral do mundo, e me sentia muito como o espectador confiante que deu seu relógio de ouro ao mágico e não sabe em que condições o receberá de volta quando o truque acabar... Ainda assim, um brilho de retidão moderou meus medos, e eu disse a mim mesmo enquanto me despia que quando eu me acostumasse a ser bom, provavelmente isso não me deixaria tão nervoso quanto naquele início. E quando eu estava na cama e apaguei minha vela, senti que realmente ia me acostumando e que, até onde eu podia ver, aquilo não era tão diferente de afundar em um dos colchões de lã mais macios da minha tia.

"Fechei os olhos diante dessa imagem e, quando os abri, devia ser bem mais tarde, pois meu quarto estava frio, e a noite, intensamente silenciosa. Fui acordado de repente pela sensação que todos conhecemos — a sensação de que havia algo perto de mim que não estava lá quando adormeci. Sentei-me e forcei os olhos na escuridão. O quarto estava escuro como breu e, a princípio, não vi nada; mas gradualmente um brilho vago aos pés da cama se transformou em dois olhos me encarando. Não conseguia ver o rosto preso a eles — por conta da escuridão, imaginei —, mas, conforme olhava, os olhos ficavam cada vez mais distintos: eles emitiam uma luz própria.

"A sensação de ser observado daquela maneira estava longe de ser agradável, e vocês podem supor que meu primeiro impulso teria sido pular da cama e me atirar na figura invisível presa aos olhos. Mas não era — meu impulso era simplesmente ficar imóvel... Não sei dizer se isso se devia a uma sensação imediata da natureza misteriosa da aparição — à certeza de que se eu pulasse da cama me atiraria ao nada — ou meramente ao efeito entorpecente dos próprios olhos. Eram os piores olhos que já vi: os olhos de um homem — mas que homem! Meu primeiro pensamento foi que ele devia ser assustadoramente velho. As órbitas estavam afundadas, e as pálpebras grossas tinham linhas vermelhas que pendiam sobre os globos oculares como persianas cujas cordas estavam quebradas. Uma pálpebra caía um pouco mais abaixo da outra, com o efeito de um olhar torto; e entre essas dobras polpudas de carne, com suas escassas cerdas de cílios, os próprios olhos, pequenos discos vítreos com uma borda semelhante a ágata ao redor das pupilas, pareciam seixos marinhos nas garras de uma estrela do mar.

"Mas a idade dos olhos não era a coisa mais agradável. O que me deixou espantado foi sua expressão de segurança maligna. Não sei de que outra forma descrever o fato de que pareciam pertencer a um homem que havia causado muito mal em sua vida, mas sempre se manteve dentro das linhas de perigo. Não eram os olhos de um covarde, mas de alguém inteligente demais para correr riscos; e senti um frio na espinha diante daquele olhar de astúcia infame. E isso não era nada; pois enquanto continuávamos a nos examinar, vi neles um ar de leve escárnio e me senti como seu objeto.

"Com isso, fui tomado por um impulso de raiva que me arrancou da cama e me jogou direto aos pés da figura invisível. Mas é claro que não havia nenhuma figura ali, e meus punhos abraçaram o vazio. Envergonhado e com frio, procurei um fósforo e acendi as velas. O quarto parecia exatamente o mesmo — como sempre fora; e eu me arrastei de volta para a cama e apaguei as luzes.

"Assim que o quarto ficou escuro novamente, os olhos reapareceram; e tento aqui explicá-los através de princípios científicos. Inicialmente, pensei que a ilusão poderia ter sido causada pelo brilho das últimas brasas na chaminé; mas a lareira ficava do outro lado da minha cama e estava posicionada de tal forma que o fogo não poderia ser refletido no espelho do meu lavatório, que era o único espelho no quarto. Então me ocorreu que eu poderia ter sido enganado pelo reflexo das brasas em algum pedaço polido de madeira ou metal; e embora eu não pudesse descobrir nenhum objeto do tipo na minha linha de visão, levantei-me novamente, tateei meu caminho até a lareira e cobri o que restava do fogo. Mas assim que voltei para a cama, os olhos reapareceram aos meus pés.

"Aquilo era uma alucinação, então: isso era claro. Mas o fato de que não se devia a nenhum engano externo não os tornava nem um pouco mais agradáveis de ver. Pois se fossem uma projeção do interior da minha consciência, qual era o problema, então, com ela? Eu tinha me aprofundado o suficiente no mistério dos estados patológicos mórbidos para imaginar as condições sob as quais uma mente investigativa poderia se expor a tal advertência noturna; mas não conseguia encaixá-la no meu caso atual. Nunca mais me senti normal, mental e fisicamente; e o único fato incomum na minha situação — o de ter garantido a felicidade de uma garota amável — não parecia do tipo que convocaria espíritos sujos à volta do meu travesseiro. Mas aqueles olhos ainda me olhavam...

"Fechei os meus e tentei evocar uma visão dos de Alice Nowell. Não eram olhos notáveis, mas eram tão saudáveis quanto água limpa, e se ela tivesse mais imaginação — ou cílios mais longos —, sua expressão poderia ter sido interessante. Como estavam, não demonstraram tanta eficiência, e em alguns momentos percebi que haviam misteriosamente se transformado nos olhos ao pé da cama. Fiquei mais exasperado por senti-los a fitar-me através das minhas pálpebras fechadas do que por vê-los, e abri novamente os meus olhos e olhei diretamente para seu olhar odioso...

"E assim foi a noite toda. Não sei dizer o que foi aquele momento, nem quanto tempo durou. Vocês já ficaram deitados na cama, irremediavelmente acordados, e tentaram manter os olhos fechados, sabendo que se os abrissem veriam algo que temiam e repugnavam? Parece fácil, mas é diabolicamente difícil. Aqueles olhos estavam ali e me atraíam. Eu tinha a *vertige de l'abime*[3], e suas pálpebras vermelhas eram a beira do meu abismo. ... Eu já passei por momentos tensos na vida: momentos em que senti o sopro do perigo no meu pescoço; mas nada que se compare a esse tipo de tensão. Não que os olhos fossem tão tenebrosos; eles não tinham a majestade dos poderes das trevas. Mas eles tinham — como direi? — um efeito físico que era o equivalente a um mau cheiro: seu olhar deixava uma mancha como a de um caracol. E eu não entendia o que eles queriam comigo, por mais que eu tentasse — e eu olhava e olhava, tentando descobrir...

"Não sei que tipo de efeito eles estavam tentando produ-

3 Em francês no original: "vertigem do abismo", em tradução literal — denota a dualidade entre medo e fascínio que o ser humano experimenta diante do que é profundo, desconhecido ou potencialmente destrutivo.

zir; mas o efeito que eles produziram foi o de me fazer arrumar minha mala e, logo cedo pela manhã, correr para a cidade. Deixei um bilhete para minha tia, explicando que estava doente e tinha ido ver meu médico; e, na verdade, eu me sentia incomumente doente — a noite parecia ter bombeado todo o meu sangue para fora. Mas quando cheguei à cidade, não fui ao médico. Fui para o quarto de um amigo, joguei-me numa cama e dormi por dez horas celestiais. Quando acordei, era meia-noite, e fiquei gelado ao pensar no que poderia estar me esperando. Sentei-me, tremendo, e olhei para a escuridão; mas não havia nenhuma ruptura em sua superfície abençoada, e quando vi que os olhos não estavam lá, caí novamente em sono profundo.

"Eu não disse nada para Alice quando fugi, porque pretendia voltar no dia seguinte. Mas quando amanheceu, eu estava exausto demais para me mexer. Conforme o dia passava, a exaustão aumentava, em vez de passar, como a lassidão deixada por uma noite comum de insônia: o efeito dos olhos parecia ser cumulativo, e a ideia de vê-los novamente se tornava intolerável. Por dois dias, lutei contra meu medo; mas na terceira noite me recompus e decidi voltar. Senti-me muito mais satisfeito depois de tomar essa decisão, pois sabia que meu desaparecimento abrupto e a estranheza de não ter deixado nada escrito teriam sido, certamente, muito dolorosos para a pobre Alice. Naquela noite, fui para a cama com o espírito tranquilo e adormeci imediatamente; mas no meio da noite acordei e lá estavam os olhos...

"Bem, eu simplesmente não conseguia encará-los; e em vez de permanecer na casa da minha tia, coloquei algumas coisas em um baú e pulei no primeiro navio a vapor para a Inglaterra. Eu estava tão morto de cansaço quando embarquei que me arrastei direto para o meu beliche e dormi a maior parte da viagem; e não consigo descrever a felicidade que foi acordar depois de longos períodos de sono sem pesadelos e olhar destemidamente para a escuridão, sabendo que não veria os olhos...

"Fiquei no exterior por um ano, e depois mais um; e durante esse tempo nunca os vi. Isso teria sido motivo suficiente para prolongar minha estadia até mesmo se eu estivesse numa ilha deserta. Um outro motivo foi, era claro, que eu tinha chegado à conclusão, durante a viagem, da loucura, da completa impossibilidade de me casar com Alice Nowell. A minha demora para descobrir isso me irritou e me fez querer evitar explicações. A felicidade de escapar ao mesmo tempo dos olhos e desse outro constrangimento deu à minha liberdade um gosto extraordinário; e quanto mais eu a saboreava, mais gostava do seu sabor.

"Os olhos tinham queimado um buraco tão grande na minha consciência que por um longo tempo fiquei intrigado com a natureza da aparição, e me perguntando nervosamente se ela voltaria. Mas com o passar do tempo, perdi esse medo e retive apenas a precisão da imagem. Então isso desapareceu por completo.

"No segundo ano, me instalei em Roma, onde acredito que estivesse planejando escrever outro grande livro — uma obra definitiva sobre influências etruscas na arte italiana. De qualquer forma, eu tinha encontrado o pretexto para alugar um apartamento ensolarado na Piazza di Spagna e me aventurar por tempo indeterminado no Fórum; e foi lá, numa manhã, que um jovem encantador veio até mim. Sob a luz quente, esbelto, suave e jacinto, ele poderia ter saído de um altar em ruínas — para Antínoo[4], digamos —, no entanto, ele tinha vindo de Nova York, com uma carta (exatamente dela!) de Alice Nowell. Na carta — a primeira que recebi dela desde a nossa separação — havia apenas uma linha apresentando seu jovem primo, Gilbert Noyes, e pedindo que eu fizesse amizade com ele. Insinuava que o pobre rapaz "tinha talento" e "queria escrever"; e tinha também uma família intransigente que insistia que se então ele fosse escrever, que essa atividade lhe trouxesse um salário como outro emprego qualquer. Alice interviera para que ele obtivesse seis meses de trégua, durante os quais ele viajaria com uma pífia mesada e, de alguma forma, deveria provar sua capacidade máxima de aumentá-la com sua pena[5]. Fiquei impressionado com as condições peculiares do teste: parecia tão conclusivo quanto um "ordálio" medieval[6]. Então, fiquei sensibilizado por ela tê-lo enviado a mim. Eu sempre quis prestar-lhe algum favor, redimir-me aos meus próprios olhos, mais do que aos dela; e aqui estava uma bela materialização da minha oportunidade.

"Bem, podemos estabelecer que, em princípio geral, os gênios predestinados não aparecem, via de regra, diante de nós no Fórum Romano sob o sol da primavera como um deus expulso. De toda forma, o pobre Noyes não era um gênio predestinado. Mas era tão boa companhia quanto

4 Jovem grego do século II d.C., amante do imperador romano Adriano, frequentemente representado por sua beleza idealizada e expressão melancólica.

5 Referência ao ofício de escrever.

6 Prova judicial usada na Idade Média, fundamentada na crença de que Deus interviria em defesa do inocente; incluía testes físicos extremos, como caminhar sobre brasas ou submergir as mãos em água fervente.

bem-apessoado. Foi só quando ele começou a falar de literatura que meu coração fraquejou. Eu conhecia muito bem os sintomas — as coisas que ele tinha 'dentro de si' e as coisas exteriores que o afetavam! E esse é o verdadeiro teste. Sempre foi — pontualmente, inevitavelmente, com a inexorabilidade de uma lei mecânica —, era sempre a coisa errada que o atingia. Passei a ter um fascínio sinistro em decidir de antemão exatamente qual coisa errada ele teria escolhido; e adquiri uma habilidade surpreendente no jogo...

"O pior era que sua *bêtise*[7] não era de natureza muito óbvia. As mulheres que o conheciam em piqueniques o achavam intelectual; e até mesmo em jantares ele passava por inteligente. Eu, que o tinha sob um microscópio, imaginava de vez em quando que ele pudesse desenvolver algum tipo de talento mais sutil, algo que pudesse ser rentável e satisfazê-lo; não era essa, afinal, a minha tarefa? Seu charme era tamanho — ele continuou a ser — que ele recorria a todo o meu senso de caridade em defesa desse argumento; e durante os primeiros meses eu realmente acreditei que fosse possível...

"Aqueles meses foram encantadores. Noyes estava constantemente comigo, e quanto mais eu o via, mais eu gostava dele. Sua ingenuidade era uma graça inata — era tão bonita quanto seus cílios. E ele era tão alegre, tão afetuoso e tão feliz em minha companhia, que lhe dizer a verdade teria sido tão agradável quanto cortar a garganta de um animal indefeso. No começo eu me perguntava como aquela cabecinha

7 Em francês no original, "estupidez". Edith Wharton, fluente em francês e crítica da hipocrisia da alta sociedade, frequentemente empregou termos franceses para descrever falhas morais ou intelectuais de seus personagens.

tão radiante era capaz de nutrir a detestável ilusão de que tinha um cérebro. Então comecei a ver que era simplesmente um mimetismo protetor — uma artimanha instintiva para fugir da vida familiar e da mesa de escritório. Não que Gilbert — tão querido! — não acreditasse em si mesmo. Não havia um traço de hipocrisia naquela composição. Ele tinha certeza de que sua "vocação" era irresistível, enquanto para mim a graça salvadora de sua situação era a de que não o fosse, e que um pouco de dinheiro, um pouco de lazer e um pouco de prazer o teriam transformado em um preguiçoso inofensivo. Infelizmente, no entanto, não havia esperança de dinheiro, e com a alternativa sombria da mesa de escritório diante dele, Noyes não podia mais adiar suas investidas na literatura. O material que ele produziu era deplorável, e vejo agora que eu soube disso desde o início. Ainda assim, o absurdo de decidir todo o futuro de um homem com base num primeiro experimento parecia justificar o atraso do meu veredito, e talvez até mesmo desse a ele um pouco de estímulo, de modo que a planta humana geralmente precisa de calor para florescer.

"De qualquer forma, procedi com esse objetivo e fiz com que conseguisse estender seu período de trégua. Quando deixei Roma, ele foi comigo, e passamos um delicioso verão entre Capri e Veneza. Eu disse a mim mesmo: 'Se ele tem alguma coisa dentro de si, virá agora; e veio. Ele nunca foi tão encantador e encantado. Houve momentos de nossa peregrinação em que a beleza vinda de um som murmurante parecia realmente atravessar seu rosto — apenas, porém, para sair em uma torrente rasa da mais pálida tinta...

"Bem, chegou a hora de fechar essa torneira; e eu sabia

que não havia outra mão além da minha para fazer isso. Estávamos de volta a Roma, e eu o acomodei na minha casa, já que não queria que ele estivesse sozinho na sua pensão horrível quando tivesse de enfrentar a necessidade de renunciar à sua ambição. Eu não tinha, é claro, confiado somente no meu próprio julgamento ao decidir aconselhá-lo a abandonar a literatura. Eu tinha enviado suas coisas para a avaliação de várias pessoas — editores e críticos —, e aquilo era sempre devolvido com a mesma falta humilhante de comentários. Realmente não havia nada a ser dito sobre aquilo –.

"Confesso que nunca me senti tão mal quanto no dia em que decidi expor tudo a Gilbert. Era suficientemente admissível dizer a mim mesmo que era meu dever acabar com as esperanças do pobre garoto — mas não seria qualquer ato de crueldade gratuita justificado com esse argumento? Sempre me esquivei de usurpar as funções da Providência, e quando tenho que exercê-las, decididamente prefiro que não seja em uma missão de destruição. Além disso, em última instância, quem era eu para decidir, após um ano de julgamento, se o pobre Gilbert tinha ou não talento para aquilo?

"Quanto mais eu encarava o papel que havia resolvido desempenhar, menos aquilo me agradava; e me agradava ainda menos quando Gilbert se sentava na minha frente, com a cabeça jogada para trás refletida contra a luz, assim como a de Phil está agora... Eu revisara seu manuscrito mais recente, e ele sabia disso, e sabia que seu futuro dependia do meu veredito — nós concordamos tacitamente com isso. O manuscrito estava entre nós, na minha mesa — um romance, seu primeiro romance, por favor! —, e ele estendeu a mão e colocou-a sobre ele, e olhou para mim com toda a sua vida no olhar.

"Levantei-me e limpei a garganta, tentando manter meus olhos longe de seu rosto e sobre o manuscrito.

"— O fato é, meu caro Gilbert — comecei.

"Eu o vi empalidecer, mas num instante ele se levantou e me encarou.

"— Olhe, meu amigo, não fique tão preocupado! Eu não estou tão terrivelmente crítico assim! — Suas mãos estavam nos meus ombros, e ele ria de mim de sua altura esbelta, com uma espécie de alegria terrivelmente afetada que era como uma punhalada.

Ele era tão corajoso, que não me era possível manter qualquer farsa sobre meu dever. E de repente me ocorreu que eu magoaria outras pessoas ao magoá-lo: primeiro a mim mesmo, já que mandá-lo para casa significava perdê-lo; mas mais particularmente a pobre Alice Nowell, a quem eu tanto ansiava provar minha boa-fé e meu imenso desejo de servi-la. Falharia com ela duas vezes ao falhar com Gilbert –.

"Mas minha intuição era como um daqueles relâmpagos que circundam todo o horizonte, e imediatamente entendi a consequência daquilo se não dissesse a verdade. Eu disse a mim mesmo: 'Ficarei com ele para o resto da vida', e eu nunca tinha visto ninguém, homem ou mulher, que eu tivesse tanta certeza de desejar nesses termos. Bem, esse impulso de egoísmo me fez decidir. Aquilo me envergonhou e, para fugir do constrangimento, pulei direto nos braços de Gilbert.

"— Isso está ótimo, e você está errado! — gritei para ele; e enquanto ele me abraçava, e eu ria e tremia em seu aperto incrédulo, tive por um minuto o sentimento de autocomplacência que supostamente acompanha os passos dos justos. Que se dane, fazer as pessoas felizes tem seus encantos.

"Gilbert, é claro, queria celebrar sua emancipação de uma maneira espetacular; mas eu o dispensei para que desse vazão às suas emoções e fui para a cama dormir e me livrar das minhas. Enquanto me despia, comecei a me perguntar qual seria o sabor posterior dessas emoções — tantos dos melhores sabores não perduram! Mesmo assim, eu não estava arrependido, e pretendia esvaziar a garrafa, mesmo que ela perdesse o sabor.

"Depois de ir para a cama, fiquei deitado por um longo tempo sorrindo com a lembrança de seus olhos — seus olhos felizes... Então adormeci, e quando acordei o quarto estava mortalmente frio, e ao me sentar com um solavanco, lá estavam os olhos...

"Fazia três anos que eu não os via, mas eu pensava neles com tanta frequência que imaginei que nunca mais me pegariam desprevenido. Agora, com seu sorriso zombeteiro para mim, eu soube que jamais havia acreditado que eles pudessem retornar, e que eu me encontrava tão indefeso quanto antes... E como antes, era a importância despropositada de sua vinda que tornava tudo tão horrível. De que diabos eles estavam à procura para aparecerem para mim em tal momento? Eu tinha estado relativamente tranquilo durante os anos desde a última vez que os vi, embora minhas piores indiscrições não fossem sombrias o suficiente para atiçar as indagações do seu olhar infernal; mas naquela ocasião eu estava particularmente no que poderia ser chamado de real estado de graça; e isso parecia aumentar o horror deles...

"Mas não é o suficiente dizer que eram tão malignos quanto antes: eram piores. Mais malignos, pelo que eu aprendera sobre a vida naquele intervalo de tempo; por todas as implicações condenáveis que minha experiência mais ampla lia neles. Eu via agora o que não via antes: que haviam construído sua baixeza pouco a pouco, tornando-se gradualmente hediondos, a partir de uma série de pequenas torpezas lentamente acumuladas ao longo dos anos de tanto esforço. Sim — ocorreu-me que o que os tornava tão maléficos era o fato de terem ficado maléficos tão lentamente...

"Lá estavam eles na escuridão, suas pálpebras inchadas caídas sobre os pequenos bulbos aquosos rolando frouxos nas órbitas, e o tufo de carne gorda formando uma sombra turva por baixo — e enquanto seu olhar vago acompanhava meus movimentos, surgiu em mim uma sensação de sua cumplicidade tácita, do profundo entendimento velado entre nós, que era ainda pior que o choque inicial da sua estranheza. Não que eu os compreendesse; mas eles deixaram tão claro que um dia eu poderia... Sim, essa foi a pior parte, sem dúvida; e foi esse sentimento que se tornou mais forte cada vez que eles apareciam para mim...

"E eles adquiriram o hábito condenável de voltar. Lembravam-me vampiros com fome de carne tenra, pareciam se gabar do gosto da consciência tranquila. Todas as noites, durante um mês, eles vinham reivindicar sua fatia da minha consciência: como eu tinha feito Gilbert feliz, eles simplesmente não davam descanso às suas presas. A coincidência quase me fez odiá-lo, pobre rapaz, por mais fortuita que fosse. Fiquei bastante intrigado com isso, mas não consegui encontrar nenhuma pista de explicação, exceto na possibilidade de ele estar associado a Alice Nowell. Mas como os olhos se afastaram de mim no momento em que a abandonei, dificilmente poderiam ser emissários de uma mulher desprezada, mesmo que alguém pudesse imaginar a pobre Alice atacando tais espíritos para vingá-la. Isso me fez pensar, e comecei a me perguntar se eles me abandonariam se eu abandonasse Gilbert. A tentação era insidiosa, e eu tive que me endurecer contra ela; mas realmente, meu tão querido rapaz! ele era encantador demais para ser sacrificado a tais demônios. E então, afinal, nunca descobri o que eles queriam..."

III

A lenha se desintegrou, levando um clarão ao rosto vermelho e marcado do narrador, sob sua barba grisalha por fazer. Pressionado no fundo da poltrona de couro escuro, ele sobressaiu por um instante como uma escultura de pedra amarelada com veios vermelhos, com manchas de verniz nos olhos; então o fogo baixou e na luz sombreada da lamparina tornou-se mais uma vez um borrão indistinto de Rembrandt[8].

Phil Frenham, sentado em uma cadeira baixa no lado oposto da lareira, um longo braço apoiado na mesa atrás dele, uma mão sustentando sua cabeça jogada para trás e seus olhos firmemente fixos no rosto do velho amigo, não se moveu desde que a história começou. Ele manteve sua imobilidade silenciosa quando Culwin parou de falar, e fui eu quem, com uma pequena sensação de decepção com a queda repentina da história, finalmente perguntei: — Mas por quanto tempo você continuou a vê-los?

---

8 Pintor holandês do século XVII (1606-1669), célebre por suas composições com iluminação dramática e retratos que destacam rostos emergindo da penumbra.

Culwin, afundado na cadeira de modo que parecia uma pilha de suas próprias roupas vazias, se mexeu um pouco, como se estivesse surpreso com minha pergunta. Ele parecia já não se lembrar do que estava nos contando.

— Quanto tempo? Ah, vez ou outra durante todo aquele inverno. Foi infernal. Nunca me acostumei com eles. Fiquei muito doente.

Frenham mudou de atitude silenciosamente e, ao fazê-lo, seu cotovelo bateu em um pequeno espelho com moldura de bronze sobre a mesa atrás dele. Ele se virou e mudou ligeiramente o ângulo; então retomou sua atitude anterior, sua cabeça escura jogada para trás na palma da mão levantada, os olhos fixos no rosto de Culwin. Algo em seu olhar me constrangeu, e no intuito de desviar a atenção disso, fiz outra pergunta:

— E você nunca tentou sacrificar Noyes?

— Ah, não. Não foi preciso. Ele fez isso por mim, pobre garoto apaixonado!

— Fez isso por você? Como assim?

— Ele me cansou — cansou todo mundo. Ele continuou a despejar sua tagarelice lamentável e disseminá-la por todo canto até aquilo ficar insuportável. Tentei fazê-lo desistir da escrita — muito gentilmente, claro, compartilhando-o com pessoas agradáveis, dando-lhe a chance de se fazer notar, de ter uma ideia do que ele realmente tinha a oferecer. Eu tinha previsto essa solução desde o início — tinha certeza de que, uma vez concluída essa febre de querer ser escritor, ele encontraria seu posto de parasita encantador, como um eterno querubim para quem, nos grupos da velha sociedade, há sempre reservado um lugar à mesa e um abrigo atrás das saias das mulheres. Eu o vi tomar seu lugar como "o poeta": o poeta que não escreve. Nota-se o tipo em qualquer sala de estar. Viver dessa maneira não custa muito — eu tinha planejado tudo na minha mente e estava certo de que, com uma pequena ajuda, nos anos seguintes ele alcançaria isso; e nesse ínterim ele certamente se casaria. Eu o vi casado com uma viúva, bem mais velha, que tinha um bom cozinheiro e uma casa bem administrada. De fato, eu estava de olho em uma viúva... Enquanto isso, fiz de tudo para facilitar a transição — emprestei-lhe dinheiro para aliviar sua consciência, apresentei-o a mulheres bonitas para fazê-lo esquecer seus votos. Mas nada era suficiente, ele tinha apenas uma ideia em sua bela cabeça obstinada: queria o laurel e não a rosa, e continuou a repetir o axioma de Gautier[9], e a martelar e a expor sua prosa fraca até que se espalhou por Deus sabe quantas milhares de páginas desleixadas. De vez em quando ele enviava um amontoado a um editor, e é claro que aquilo era sempre devolvido.

"No começo não tinha importância — ele achava que era 'incompreendido'. Tomava atitudes de gênio, e sempre que uma obra chegava em casa, ele escrevia outra para lhe fazer companhia. Teve, então, uma reação de desespero, e me acusou de enganá-lo, e Deus sabe o que mais. Senti raiva e disse que era ele quem tinha se enganado. Ele tinha vindo até mim determinado a escrever, e eu tinha feito o meu melhor para ajudá-lo. A extensão da minha ofensa era que eu tinha feito isso por consideração à prima, não a ele.

---

9 Referência ao escritor francês Théophile Gautier (1811-1872), que defendia a arte pela arte (*l'art pour l'art*), valorizando a beleza estética acima de qualquer função moral ou utilitária da literatura.

"Isso pareceu atingir o alvo, e ele se silenciou por um momento. Então disse: — Meu tempo acabou e meu dinheiro também. O que acha que devo fazer?

"— Eu acho que você não deveria ser um imbecil — eu disse.

"Ele enrubesceu e perguntou: — Como assim um imbecil?

"Peguei uma carta da minha mesa e a estendi para ele.

"— Não recusar, por exemplo, essa oferta da Sra. Ellinger. Ser seu secretário com um salário de cinco mil dólares. E pode significar muito mais do que essa quantia.

"Ele estendeu a mão com violência e arrancou a carta da minha. — Ora, sei muito bem o que mais significaria! — ele disse, escarlate até a raiz dos cabelos.

"— E qual é a sua resposta, você sabe? — perguntei.

"Ele não deu nenhuma resposta naquele momento, mas se virou lentamente para a porta. Lá, com a mão no batente, parou e perguntou quase num murmúrio: — Então você realmente julga que minha escrita não seja boa?

"Eu estava cansado e exasperado, e ri. Não me orgulho de ter rido — foi de péssimo gosto. Mas devo alegar, como atenuante, que o garoto era um tolo e que eu tinha feito o meu melhor por ele — eu realmente tinha.

"Ele saiu da sala, fechando a porta silenciosamente atrás de si. Naquela tarde, parti para Frascati[10], onde prometera passar o domingo com alguns amigos. Fiquei feliz por me livrar de Gilbert e, da mesma forma, como descobri naquela noite, também havia me livrado dos olhos. Quando suas visitas cessaram, voltei a dormir profundamente como antes;

---

10 Cidade próxima a Roma, tradicional destino de veraneio conhecido por suas vilas, vinhos e clima ameno.

quando acordei na manhã seguinte, no meu tranquilo quarto pintado acima dos azevinhos, senti um completo cansaço e profundo alívio que sempre se seguiram àquele sono reparador. Passei duas noites abençoadas em Frascati e, quando voltei para o meu apartamento em Roma, descobri que Gilbert tinha ido embora... Ah, nada trágico aconteceu — o episódio não chegou a esse ponto. Ele simplesmente empacotou seus manuscritos e partiu para a América — de volta para sua família e para a escrivaninha de Wall Street. Deixou um bilhete decente me contando sobre sua decisão e, diante das circunstâncias, se comportou da forma menos tola possível que um tolo pode se comportar..."

IV

Culwin fez uma nova pausa, e novamente Frenham sentou-se imóvel, o contorno escuro de sua cabeça jovem refletido no espelho às suas costas.

— E o que aconteceu com Noyes depois? — perguntei finalmente, ainda inquieto por uma sensação de incompletude, pela necessidade de algum fio condutor entre as linhas paralelas da história.

Culwin contraiu os ombros. — Ora, nada aconteceu com ele — porque ele se tornou nada. Não há o que "se tornar" nesse caso. Presumo que tenha mofado num escritório, e finalmente tenha conseguido um cargo de escriturário em um consulado, tenha feito um casamento lamentável na China. Eu o vi uma vez em Hong Kong, anos depois. Ele estava gordo e com a barba por fazer. Soube que estava bebendo. Não me reconheceu.

— E os olhos? — perguntei, depois de outra pausa que o silêncio contínuo de Frenham tornou opressiva.

Culwin, coçando o queixo, piscou para mim reflexivamente através da sombra. — Eu nunca mais os vi desde a última conversa com Gilbert. Some dois mais dois, se puder. De minha parte, não encontrei o elo.

Ele se levantou rigidamente, as mãos nos bolsos, e caminhou até a mesa onde bebidas revigorantes haviam sido postas.

— Você deve estar com sede depois dessa história desgastante. Aqui, sirva-se, meu caro amigo. Aqui, Phil... — Ele se virou de volta para a lareira.

Frenham não respondeu ao convite hospitaleiro de seu anfitrião. Ele continuava sentado na cadeira baixa, sem se mexer, mas, quando Culwin se aproximou, os olhos dos dois se encontraram em um longo olhar; depois disso, o jovem virou-se de repente, jogou os braços sobre a mesa atrás de si e baixou a cabeça sobre eles. Culwin, diante do gesto inesperado, deteve-se, com o rosto vermelho.

— Phil — que diabos? Ora, os olhos te assustaram? Meu caro rapaz — meu caro amigo —, nunca recebi reconhecimento tão grande à minha habilidade literária, nunca!

Aquele pensamento o fez rir, e ele parou no tapete em frente à lareira, suas mãos ainda nos bolsos, olhando para baixo com honesta perplexidade para a cabeça abaixada do jovem. Então, como Frenham não respondia, ele se aproximou com um ou dois passos.

— Anime-se, meu caro Phil! Já são anos desde que os vi — pelo jeito, ultimamente, não fiz nada ruim o suficiente para invocá-los do caos. A menos que minha evocação atual tenha feito você vê-los; o que seria um golpe ainda mais baixo deles.

Seu apelo brincalhão se desdobrou numa risada desconfortável, e ele se aproximou ainda mais, curvando-se sobre Frenham e colocando suas mãos calosas nos ombros do rapaz.

— Phil, meu caro rapaz, vamos lá — o que houve? Por que você não responde? Será que viu os olhos?

O rosto de Frenham ainda estava pressionado contra seus braços, e de onde eu estava atrás de Culwin, o vi, como se sob o efeito dessa atitude inexplicável, se afastar lentamente de seu amigo. Ao fazê-lo, a luz da lâmpada na mesa caiu em cheio sobre seu rosto congestionado e perplexo, e captei seu reflexo repentino no espelho atrás da cabeça de Frenham.

Culwin também viu o reflexo. Ele parou, seu rosto à altura do espelho, como se mal reconhecesse como seu o semblante refletido. Mas, enquanto olhava, sua expressão mudou gradualmente, e por um espaço de tempo considerável ele e a imagem no vidro se confrontaram com um olhar fixo de onde lentamente surgia o ódio. Então Culwin soltou os ombros de Frenham e recuou um passo, cobrindo os olhos com as mãos...

Frenham, com seu rosto ainda escondido, não se mexeu.

A VIAGEM

Deitada em seu beliche, encarando as sombras no teto, o barulho das rodas dentro do seu cérebro ia levando-a cada vez mais fundo a círculos de lucidez desperta. O vagão-dormitório tinha afundado em seu silêncio noturno. Através da vidraça molhada, ela observava as luzes repentinas, os longos trechos de escuridão apressada. Vez ou outra, virava a cabeça e olhava pela greta das cortinas do marido do outro lado do corredor...

Inquieta, ela se perguntava se ele precisava de alguma coisa e se ela poderia ouvi-lo caso chamasse. Sua voz tinha ficado bastante fraca nos últimos meses, e ele se irritava quando ela não o ouvia. Essa irritabilidade, essa crescente petulância infantil pareciam dar contorno ao imperceptível distanciamento entre os dois. Como dois rostos olhando um para o outro através de uma lâmina de vidro, eles estavam próximos, quase se tocando, mas não podiam ouvir ou sentir um ao outro: a energia entre eles tinha se dissipado. Ela, pelo menos, tinha essa sensação de separação, e às vezes imaginava que a via refletida no olhar do marido, fortalecida pelas palavras falhas dele. Sem dúvida, a culpa era dela — impenetravelmente saudável demais para ser tocada pelas desimportâncias de uma doença. Sua ternura autorrepreendida era maculada com a sensação de irracionalidade dele: ela intuía vagamente que havia um propósito em suas tiranias indefesas. Aquela mudança tão repentina de espírito a pegou desprevenida. Um ano antes, os pulsos de ambos tinham batimentos mais robustos; ambos tinham a mesma certeza exagerada num futuro infindável. Agora, suas energias não mais acompanhavam o passo: o dela ainda saltava à frente da vida, antecipando territórios não explorados de esperança e aventura, enquanto o dele ficava para trás, lutando em vão para alcançá-la.

Quando se casaram, ela tinha ainda tanto por fazer na vida: seus dias eram tão ocos quanto a sala de aula caiada onde ela forçava conhecimentos vazios nas crianças relutantes. A vinda do marido interrompeu tais conjunturas sonolentas, ampliando o presente de tal forma que as possibilidades, por mais remotas que fossem, eram realizáveis. Mas de maneira imperceptível o horizonte se estreitou. A vida guardava contra ela um rancor: não era permitido que abrisse suas próprias asas.

A princípio, os médicos disseram que seis semanas de ar ameno o deixariam em melhor forma; mas quando ele voltou, essa garantia foi reinterpretada: aliado a isso, seria necessário inverno de clima seco. Eles deixaram a bela casa, guardaram os presentes de casamento e os móveis novos, e foram para o Colorado: lugar odiável para ela desde o início. Ninguém sabia quem ela era e ninguém se importava; não havia qualquer pessoa que se maravilhasse com o belo casamento que tinha feito, e ninguém que a invejasse pelos vestidos novos e cartões de visita que ainda lhe eram algo tão novo. E o estado dele continuou piorando. Ela se sentiu cercada por dificuldades evasivas demais para serem combatidas com um temperamento tão assertivo. Ainda o amava, é claro; mas ele estava gradualmente, indefinidamente, deixando de ser ele mesmo. O homem com quem se casou era forte, ativo, uma gentil autoridade: o homem cujo prazer é abrir caminho para eliminar da vida as obstruções materiais; mas agora era ela a cuidadora e era ele quem deveria ser protegido de importunações e receber suas gotinhas de remédio, ou sua sopa de carne, mesmo que o mundo estivesse desabando. A rotina do quarto do doente a deixava perplexa; a administração precisa dos medicamentos parecia tão irrelevante quanto um pastiche religioso incompreensível.

Havia, de fato, momentos em que um jorro quente de piedade pela condição dele varria seu instinto de ressentimento, e ela conseguia reconhecê-lo no olhar quando se agarravam um ao outro através da forma densa que a fraqueza dele assumia. Mas esses momentos se tornavam raros. Às vezes ele a assustava: seu rosto fundo e inexpressivo parecia o de um estranho; sua voz era fraca e rouca; seu sorriso nos lábios finos era uma mera contração muscular. A mão dela evitava a pele úmida e mole dele, pele que havia perdido aquela aspereza saudável tão familiar: ela se pegou observando-o furtivamente, como se observasse um animal estranho. Assustava-a sentir que este era o homem que ela tinha amado; tinha horas em que contar-lhe o que ela sofria parecia a única fuga para seus medos. Mas, em geral, julgava-se mais tolerante, refletindo que talvez estivesse passando tempo demais sozinha com o marido e que, quando estivesse novamente em sua casa, se sentiria diferente, cercada por sua família leal e alegre. Como ela tinha ficado feliz quando os médicos finalmente consentiram que ele voltasse para casa! Ela sabia, é claro, o que significava aquela decisão; ambos sabiam. Significava que ele iria morrer; mas eles disfarçavam a verdade com *eufuísmos*[1] esperançosos e, às vezes, na alegria da preparação da viagem, ela realmente se esquecia do propósito da mudança e escorregava em direção a alegres insinuações sobre planos para o ano seguinte.

Por fim, chegou o dia da partida. Ela tinha um receio terrível de que eles nunca fossem embora; que de alguma forma, no último momento, ele tivesse de ficar; que os médicos tivessem reservado uma de suas dissimulações costumeiras; mas nada aconteceu. Dirigiram-se até a estação, ele foi instalado em um assento com uma manta sobre os joelhos e uma almofada nas costas, e ela, pendurada na janela, acenava sem qualquer arrependimento: despedidas para os conhecidos por quem ela nunca conseguiu nutrir afeição.

As primeiras vinte e quatro horas se desenrolaram bem. Ele se reanimou um pouco e se distraiu olhando pela janela e observando o quão divertido era estar naquele vagão. No dia seguinte, ele começou a se cansar e se irritou com o semblante impassível de uma criança sardenta que mastigava chiclete. Ela teve que explicar à mãe da criança que seu marido estava debilitado demais para ser incomodado: uma declaração, aliás, recebida por tal senhora com ressentimento que encontrou ecos no instinto maternal de todo o resto do vagão...

Naquela noite ele dormiu mal e, na manhã seguinte, sua temperatura a assustou: ela tinha certeza de que ele estava piorando. O dia passou lentamente, pontuado pelas pequenas irritações durante a viagem. Mapeando seu rosto cansado,

---

1 No original "euphuisms", forma antiga e formal de "euphemisms" (eufemismos).

ela seguiu nas suas contrações cada chocalho e sacudida do trem, até que seu próprio corpo vibrou com a mesma fadiga. Ela notou que os outros também o observavam e pairou um desconforto entre ele e a linha de olhos inquisidores. A criança sardenta pendia sobre ele como uma mosca; ofertas de doces e livros ilustrados não conseguiam deslocá-la de lá: ela cruzou uma perna em volta da outra e ficou a observá-lo imperturbavelmente. O camareiro, ao passar, demorou-se com ofertas vazias de ajuda, provavelmente motivado por passageiros filantropos preenchidos por um semblante que dizia que "algo deveria ser feito"; e um homem agitado com um gorro opinava em alto e bom som que estava preocupado com o possível efeito na saúde daquela esposa.

As horas se arrastaram num ócio terrível. Quando começou a anoitecer, ela se sentou ao lado dele, que pousou sua mão sobre a dela. O toque a assustou. Ele parecia chamá-la de longe. Ela fitou-o desamparada, e o sorriso dele a atravessou como um golpe físico.

— Você está muito cansado? — ela perguntou.

— Não, não muito.

— Estamos quase chegando.

— Sim, quase.

— Amanhã a esta hora...

Ele assentiu, e os dois ficaram em silêncio. Quando ela o ajeitou na cama e deslizou para seu próprio beliche, tentou se animar pensando que em menos de 24 horas eles estariam em Nova York. Seus parentes estariam todos na estação para recebê-la — imaginou seus rostos redondos e calmos pressionando a multidão. Ela só esperava que não dissessem muito alto que ele estava com uma aparência esplêndida e que ficaria bem logo, logo: as gentilezas sutis identificadas pela sua longa exposição ao sofrimento a deixavam consciente de uma certa rispidez nos tratos familiares.

De repente, ela pensou tê-lo ouvido chamar; abriu as cortinas e escutou. Não, era apenas um homem roncando do outro lado do vagão. Seus roncos tinham um som gorduroso, como se saíssem de um recipiente seboso. Ela se deitou e tentou dormir... E se não o ouvisse se mexer? Ela começou a tremer... O silêncio a assustou mais do que qualquer som. Talvez ele não fosse capaz de se fazer ouvir — ele poderia estar chamando-a agora... Por que ela pensava em tais coisas? Devia ser apenas uma tendência habitual de uma mente excessivamente cansada de se prender ao acaso mais intolerável dentro do alcance de seus pressentimentos... Colocando a cabeça para fora, ela escutou; mas não conseguia distinguir a respiração dele da dos outros pares de pulmões ao seu redor. Ela queria se levantar para vê-lo, mas sabia que o impulso era apenas uma válvula de escape para sua inquietação, e o medo de perturbá-lo a impedia... O movimento regular de sua cortina a tranquilizava, e ela não sabia por quê. Ela se lembrou que ele tinha lhe desejado uma boa noite; e a pura incapacidade de aguentar seus medos por mais um momento que fosse a fez afastá-los com um esforço total vindo do seu sólido corpo cansado. Ela se virou de lado e caiu no sono.

Sentou-se rigidamente, olhando para o amanhecer. O trem estava passando por uma região de colinas peladas amontoadas contra um céu sem vida. Parecia o primeiro dia da criação do mundo. O ar do vagão estava abafado, e ela abriu a janela para deixar entrar o vento forte. Então olhou para o relógio: eram sete horas, e logo as pessoas ao seu redor estariam se mexendo. Vestiu suas roupas, alisou o cabelo desgrenhado e foi até o provador. Depois de lavar o rosto e arrumar o vestido, sentiu-se mais otimista. Era sempre um esforço ela não se sentir alegre pela manhã. Suas bochechas queimavam deliciosamente ao toque da toalha áspera, e o cabelo molhado em suas têmporas se partia em fortes mechas para cima. Cada centímetro dela estava cheio de vida e agilidade. E em dez horas eles estariam em casa!

Ela foi até o beliche do marido: era hora de ele tomar seu copo de leite matinal. A persiana da janela estava abaixada, e no crepúsculo do recinto com cortinas ela podia ver que ele estava deitado de lado, com o rosto virado contra ela, que se inclinou e puxou a persiana. Ao fazê-lo, tocou uma de suas mãos. Estava fria...

Ela se aproximou ainda mais, colocando a mão em seu braço e chamando-o pelo nome. Ele não se moveu. Ela o chamou outra vez — mais alto; então agarrou seu ombro e o sacudiu gentilmente. Estava imóvel. Ela voltou a agarrar sua mão: a mão escorregou frouxamente, como uma coisa morta. Uma coisa morta?... Ficou sem ar. Ela precisava ver o rosto dele. Inclinou-se para frente e, minguando apressadamente, com uma nauseante relutância no corpo, colocou as mãos nos ombros do esposo e o virou. A cabeça caiu para trás; o rosto parecia pequeno e suave; ele olhou para ela com olhos imóveis.

Ela permaneceu estática por um longo tempo, segurando-o; eles se entreolharam. De repente, ela voltou a se encolher: o desejo de gritar, bradar, fugir dele quase a dominou. Mas uma mão forte a deteve. Deus do Céu! Se ficassem sabendo que ele estava morto, seriam expulsos do trem na próxima estação...

Em um flash de memória aterrorizante, surgiu diante dela uma cena que tinha testemunhado certa vez numa viagem, quando um marido e uma esposa, cujo filho havia morrido no trem, foram jogados para fora numa estação qualquer. Ela os viu parados na plataforma com o corpo da criança entre eles; nunca se esqueceu do olhar atordoado com que eles seguiram o trem que se afastava. E era isso que lhe aconteceria. Dentro de uma hora, poderia ser ela numa plataforma qualquer de alguma estação estranha, sozinha com o corpo do marido... Qualquer coisa, menos isso! Era horrível demais... Ela estremeceu como uma criatura encurralada.

Enquanto se encolhia ali, sentiu o trem se movendo mais devagar. Estava chegando a sua vez... eles se aproximavam de uma estação! Ela viu novamente o marido e a esposa parados na plataforma deserta; e com um gesto violento baixou a persiana para esconder o rosto do falecido.

Sentindo-se tonta, ela afundou na beirada do beliche, mantendo-se longe do corpo estendido dele e puxando as cortinas para perto, de modo que ele e ela ficaram presos em uma espécie de crepúsculo sepulcral. Ela tentou clarear a mente. Deveria esconder, a todo custo, o fato de que o marido estava morto. Mas como? Sua mente se recusou a agir: ela não conseguia planejar, articular. Não conseguia pensar em outra maneira a não ser sentar ali, segurando as cortinas, o dia inteiro...

Ela ouviu o camareiro arrumando sua cama; as pessoas começavam a se mover pelo vagão; a porta do provador abrindo e fechando. Tentou se levantar. Por fim, com um esforço supremo, conseguiu, entrando no corredor do vagão e puxando as cortinas firmemente atrás de si. Notou que elas ainda se abriam ligeiramente com o movimento do vagão, então pegou um alfinete do seu vestido e as prendeu. Agora ela estava segura. Olhou ao redor e viu o camareiro. Achou que ele a observava.

— Ele ainda não acordou? — perguntou.

— Não — ela hesitou.

— Eu deixei o leite dele pronto para quando ele quiser. Conforme você requisitou para que estivesse pronto às sete.

Ela assentiu silenciosamente e se arrastou para seu assento.

Às oito e meia o trem chegou a Buffalo. A essa altura, os outros passageiros estavam prontos, e as camas arrumadas para o dia. O camareiro, andando para frente e para trás debaixo da pilha de lençóis e travesseiros, olhou para ela enquanto passava. Por fim, ele perguntou: — Ele não vai se levantar? Você sabe que recebemos ordens de arrumar as camas o mais cedo possível.

Ela gelou de medo. Aproximavam-se da estação.

— Ah, ainda não — gaguejou. — Primeiro ele vai tomar o leite. Você poderia ir buscar, por favor?

— Tudo bem. Assim que partirmos de novo.

Quando o trem partiu, o camareiro reapareceu com o leite. Ela o pegou e sentou-se olhando dubiamente para ele: seu cérebro se movia lentamente de uma ideia para outra, como se pisasse em pedras colocadas bem distantes em uma enchente turbulenta. Por fim, ela percebeu que o camareiro ainda a olhava do alto, aguardando.

— Devo dar a ele? — ele sugeriu.

— Não — ela gritou, levantando-se. — Ele... ele ainda está dormindo, eu acho —.

Ela esperou que o camareiro fosse embora; assim, desabotoou as cortinas e deslizou para trás delas. No ambiente semiobscuro, o rosto do marido a fitava como uma máscara de mármore com olhos de ágata. Os olhos eram horrendos. Ela estendeu a mão e fechou as pálpebras. Então, se lembrou do copo de leite na outra mão: o que fazer com ele? Pensou em levantar a janela e jogá-lo fora; mas para isso teria que se inclinar sobre o corpo e aproximar-se do rosto. Decidiu beber o leite.

Ela voltou para seu assento com o copo vazio e, depois de um tempo, o camareiro voltou para pegá-lo.

— Quando devo arrumar a cama dele? — perguntou.

— Ah, agora não — ainda não; ele está doente — ele está muito doente. Será que ele não pode ficar como está? O médico recomendou que ele ficasse deitado o máximo possível.

Ele coçou a cabeça. — Bem, já que ele está *realmente* doente –.

Ele pegou o copo vazio e foi embora, explicando aos passageiros que o ocupante atrás das cortinas estava doente demais para se levantar.

Ela se viu no centro da atenção de olhares solidários. Uma mulher de jeito maternal sentou-se ao lado dela com um sorriso compreensivo.

— Sinto muito que seu marido esteja doente. Tenho um histórico impressionante de doenças na minha família e talvez eu possa ajudá-la. Posso dar uma olhada nele?

— Oh, não... não, por favor! Ele não deve ser incomodado.

A moça aceitou com compreensão a recusa.

— Bem, é você quem sabe, é claro, mas não me parece que tenha experiência com enfermidades, e eu a ajudaria de bom grado. O que você faz, normalmente, quando seu marido está assim?

— Eu... eu o deixo dormir.

— Dormir demais também não é muito saudável. Você não dá nenhum remédio a ele?

— S... sim.

— Você não o acorda para tomar?

— Sim.

— Quando ele toma a próxima dose?

— Ainda demora... duas horas –.

A moça pareceu desapontada: — Bem, se eu fosse você, daria com mais frequência. É o que eu faço com meus pais.

A partir daí, os rostos à volta pareciam pressioná-la. Os passageiros que iam a caminho do restaurante, ela sabia, passando pelo corredor, olhavam com curiosidade para as cortinas fechadas. Um homem de queixo quadrado e olhos esbugalhados parou tentando lançar seu olhar projetado através da divisão entre as dobras. A criança sardenta, voltando do café da manhã, emboscou os passantes com suas mãos amanteigadas, sussurrando alto: "Ele está doente"; e num dado momento um maquinista apareceu, verificando as passagens. Ela se encolheu em seu canto e olhou pela janela para as árvores e casas voando, hieróglifos sem sentido de um papiro se desenrolando infinitamente.

De vez em quando, o trem parava, e os recém-chegados, por sua vez, ao entrarem no vagão olhavam para as cortinas fechadas. Mais e mais pessoas pareciam passar — seus rostos começaram a se misturar em delírio com as imagens que surgiam em seu cérebro...

Mais tarde, naquele dia, um homem gordo emergiu da

névoa de rostos. Ele tinha a barriga enrugada e lábios acetinados e pálidos. Enquanto se espremia no assento de frente para ela, ela viu que ele usava um casaco de lã preto e uma gravata branca suja.

— O marido está um tanto mal esta manhã, não é?

— Sim.

— Minha Nossa! Isso é terrivelmente angustiante, não é? — Um sorriso misericordioso revelou seus dentes com obturações douradas. — Você sabe, evidentemente, que essa coisa de doença não existe. Não é bom pensar assim? A morte em si é apenas uma desordem dos nossos sentidos mais mundanos. Apenas deixe vir o influxo do espírito, submeta-se passivamente à ação da força divina, e a doença e a dissolução deixarão de existir para você. Se você pudesse fazer com que seu marido lesse este pequeno panfleto –.

Os rostos ao redor dela novamente ficaram borrados. Ela tinha uma vaga lembrança de ouvir a senhora com jeito maternal e a mãe da criança sardenta discutindo fervorosamente sobre as questionáveis vantagens de experimentar vários remédios ao mesmo tempo, ou de tomar um de cada vez; a senhora de jeito maternal sustentava o argumento de que todos de uma vez poupava tempo; a outra fazia objeções de que não era possível, assim, identificar qual remédio tinha sido o eficaz para a cura; suas vozes eram como boias sonoras zumbindo através de uma névoa... O camareiro aparecia vez ou outra com questões que ela não entendia, mas que de alguma forma ela devia ter solucionado, já que ele sempre ia embora sem repeti-las; a cada duas horas a senhora com jeito maternal a lembrava que o marido deveria pingar os colírios; uns desciam do trem e outros entravam...

Sua cabeça girava e ela tentava se firmar agarrando-se aos seus pensamentos enquanto eles vinham, mas que lhe escapavam como arbustos na lateral de um precipício íngreme no qual ela parecia estar caindo. De repente, sua mente ficou clara outra vez, e ela imaginou vividamente o que aconteceria quando o trem chegasse a Nova York. Ela estremeceu quando lhe ocorreu que ele estaria gelado e que alguém poderia perceber que estava morto desde a manhã.

Apressadamente, pensou: "Se eles notarem que não estou surpresa, vão suspeitar de algo. Farão perguntas, e se eu lhes disser a verdade, não acreditarão em mim — ninguém acreditará em mim! Vai ser horrível", e continuou repetindo para si mesma: — "Devo fingir que não sei. Devo fingir que não sei. Quando eles abrirem as cortinas, devo ir em direção a ele de forma natural — e então devo gritar." ...Ela achou que seria difícil dar um grito.

Aos poucos, novos pensamentos se aglomeraram sobre ela, vívidos e urgentes: ela tentou separá-los e contê-los, mas eles a perseguiam clamorosamente, como seus alunos de escola no fim de um dia quente, quando ela estava cansada demais para calá-los. A confusão na sua mente aumentava, e ela sentiu um medo insano de esquecer sua fala, de se trair por alguma palavra ou olhar descuidado.

"Devo fingir que não sei", ela continuou murmurando. As palavras tinham perdido o significado, mas ela as repetiu mecanicamente, como se fossem uma fórmula mágica, até que de repente se ouviu dizendo: — Não consigo lembrar, não consigo lembrar!

Sua voz soou muito alta, e ela olhou ao redor aterrorizada; mas ninguém pareceu notar o que ela havia falado.

Quando olhou para o vagão, seus olhos encontraram as cortinas do beliche do marido, e ela começou a examinar os arabescos monótonos entrelaçados por dobras pesadas. A estampa era intrincada e difícil de seguir; ela olhou fixamente para as cortinas e, quando o fez, o material grosso ficou transparente e ela visualizou o rosto do marido — o rosto morto dele. Ela se esforçou para se desviar daquela visão, mas seus olhos se recusavam a se mover, e sua cabeça parecia estar presa num círculo vicioso. Por fim, com uma persistência que a deixou fraca e trêmula, ela se virou; mas não adiantou; bem na sua frente, pequeno e teso, estava o rosto do marido. Parecia flutuar no ar entre ela e as tranças postiças da mulher sentada à sua frente. Com um gesto incontrolável, ela estendeu a mão para afastar aquele rosto e, de repente, sentiu o toque da pele macia dele. Ela reprimiu um grito e quase se levantou. A mulher com as tranças postiças olhou ao redor e, sentindo que precisava justificar seu movimento de alguma forma, levantou-se e pegou sua mala de viagem do assento oposto. Destrancou-a e olhou dentro dela; o primeiro objeto que sua mão encontrou foi uma pequena garrafa do marido, jogada ali de última hora, na pressa da partida. Ela trancou a mala e fechou os olhos... o rosto dele estava lá novamente, pendurado entre seus globos oculares e pálpebras como uma máscara de cera contra uma cortina vermelha...

Ela se levantou com um calafrio. Teria desmaiado ou dormido? Muito tempo parecia ter se passado; e ainda era dia claro, e as pessoas ao redor permaneciam sentadas do mesmo jeito.

Uma súbita fome a fez se lembrar que não tinha comido nada desde a manhã. A ideia de comida a encheu de nojo, mas teve medo de voltar a desmaiar, e lembrando que tinha alguns biscoitos em sua bolsa, pegou um e comeu. As migalhas secas a sufocaram, e ela rapidamente engoliu um pouco de conhaque do frasco de seu marido. A sensação de queimação em sua garganta agiu como um calmante, aliviando momentaneamente a dor surda de seus nervos. Então ela sentiu um calor gentilmente furtivo, como se um ar suave a abanasse, e o medo avassalador aliviasse sua mão firme, recuando através do silêncio que a envolvia, um silêncio reconfortante como a quietude vasta de um dia de verão. Ela dormiu.

Enquanto dormia, ela sentiu o ímpeto violento do trem. Parecia a própria vida que a arrastava com força inexorável e precipitada — puxando-a para a escuridão e o terror, e o espanto de dias desconhecidos. Agora, de repente, tudo estava parado — nenhum som, nenhuma pulsação... Ela também estava morta — deitada ao lado dele com o rosto teso e imóvel. Que silêncio! — e ainda assim ela ouviu passos se aproximando, passos dos homens que iriam levá-los embora... Ela também podia sentir — sentiu uma vibração repentina e prolongada, uma série de choques fortes, e então outro mergulho na escuridão: dessa vez a escuridão da morte, um redemoinho negro no qual ambos estavam girando como folhas, num fluxo espiral selvagem, com milhões e milhões de mortos...

Ela deu um pulo aterrorizada. Devia ter dormido por muito tempo, pois o dia de inverno havia empalidecido, e as luzes estavam acesas. O vagão estava em caos, e quando ela recuperou a sobriedade, viu que os passageiros juntavam seus agasalhos e bolsas. A mulher com as tranças postiças trazia do provador uma hera debilitada dentro de uma garrafa, e o rapaz da Ciência Cristã fechava suas abotoaduras. O camareiro passou pelo corredor com seu jeito isento. Uma figura impessoal com um boné com faixa dourada pediu para verificar a passagem do marido. Uma voz gritou "Bagagem!", e ela ouviu o clique metálico grampeando os bilhetes dos passageiros.

Naquele momento, sua janela foi bloqueada por uma grossa parede de fuligem, e o trem entrou no túnel do Harlem. A viagem havia terminado; em poucos minutos, ela veria sua família abrindo caminho alegremente pelo aglomerado de pessoas na estação. Seu coração se encheu. O pior já tinha passado...

— É melhor levantá-lo agora, não é? — perguntou o camareiro, tocando seu braço.

Ele segurava o chapéu do marido na mão e girava as abas calmamente em volta de uma escova.

Ela olhou para o chapéu e tentou falar; mas de repente o vagão escureceu. Ela levantou os braços, lutando para agarrar algo, e caiu, de cara no chão, batendo a cabeça no beliche do homem morto.

O PELICANO

Era linda quando a conheci, com o narizinho tão doce e reto e o lábio superior curtinho digno de um camafeu, humanizada por uma covinha que florescia em sua bochecha sempre que algo com atributos cômicos era dito, mas desde que não tivesse características muito intrínsecas. Essa prezada senhora era, pois, providencialmente debilitada de senso de humor: ao menor indício da coisa, aquilo nublava seus adoráveis olhos como a sombra que flutua de um problema algébrico.

Não acho que o destino quis que tivesse sido "intelectual"; mas o que faz uma pobre coitada cujo marido morreu de tanto beber quando seu bebê mal tinha seis meses de idade, e que descobre que seu colar de coral e a edição de seu avô dos Dramaturgos Britânicos eram inadequados às demandas dos credores?

Sua mãe, a célebre Irene Astarte Pratt, havia escrito um poema em versos brancos sobre "A Queda do Homem"; uma de suas tias era reitora de uma faculdade para meninas; outra havia traduzido Eurípides. Com uma família assim, o destino da pobre criança estava selado de antemão. A única maneira de pagar as dívidas do marido e manter o bebê vestido era ser intelectual; e, depois de alguma hesitação quanto ao tipo de atividade mental que ela abraçaria, foi decidido por unanimidade que daria palestras.

No começo, as palestras eram dadas na sala de estar. A primeira vez que a vi, ela estava de pé ao lado do piano, contra um fundo decadente de porcelanas Dresden e porta-retratos, contando a uma sala cheia de mulheres preocupadas com seus chapéus de passeio tudo o que ela achava que sabia sobre arte grega. As senhoras que lá estavam para ouvi-la insinuaram que ela estava "fazendo aquilo pelo bebê", e esse fato, acrescido ao lábio superior curtinho e ao trabalho desconcertante que fazia sua covinha, me dispôs a ouvir sua dissertação com comiseração. Felizmente, naquela época a arte grega ainda era, se me permitem usar a expressão, facilmente percorrida: era tão simples quanto caminhar por uma galeria de museu organizada por Vênus e Apolos admiráveis e reconhecíveis. Todas as complexidades posteriores — os enigmas arcaicos e arcaísmos; as influências da Assíria e da Ásia Menor; as atribuições contraditórias e as argumentações dos eruditos — ainda dormiam aconchegadas no seio da futura "ciência crítica". A arte grega naquele tempo se iniciava com Fídias e terminava com o Apolo Belvedere; e uma criança podia navegar de um para o outro sem o perigo de se perder.

A Sra. Amyot tinha dois dons infalíveis: uma vasta memória, ainda que imprecisa, e uma extraordinária fluência oratória. Não havia nada que ela não lembrasse — ainda que equivocadamente; mas tais fatos frouxos vinham embalados por tantas camadas de retórica que suas mazelas eram imperceptíveis aos olhos generosos dos críticos. Além disso, ela havia aprendido grego com a tia que tinha traduzido Eurípides; e o mero som do grego *αἷς e οἷς* que ela de vez em quando, sem cerimônia, deixava escapar (corrigindo-se, é claro, com um sobressalto e traduzindo mal alguma frase com doçura), acertava em cheio os corações de mulheres cujo único "feito" tinha sido o francês — se não fosse falado rápido demais.

Naquela ocasião, tive apenas um vislumbre momentâneo da Sra. Amyot, mas alguns meses depois a encontrei novamente na cidade universitária da Nova Inglaterra, onde a célebre Irene Astarte Pratt vivia no topo de uma espécie de Parnaso[1], mas com um número menor de musas e professores universitários reverencialmente agrupados em níveis mais baixos do declive sagrado. A Sra. Amyot, que, após a morte do marido, havia regressado ao teto materno (mesmo durante a vida do pai, referia-se ao teto como sendo distintamente materno), graças ao seu curtinho lábio superior, sua covinha e seu grego, já estava instalada em um confortável cantinho da encosta parnasiana.

Ao fim da palestra, puramente por coincidência, caminhei para casa com a Sra. Amyot. Pelos olhares indignados de dois ou três cavalheiros cultos que estavam pairando na soleira da porta quando saímos, presumi que ela, nessas ocasiões, não costumava caminhar para casa sozinha; mas duvido que algum dos meus rivais frustrados, quaisquer que fossem suas reivindicações de favor, tenha sido tratado com uma mistura tão sedutora de timidez e autoabandono, de falsa erudição e de dentes e cabelos verdadeiros, como era meu privilégio desfrutar. Mesmo no início de sua carreira pública, a Sra. Amyot tinha esse olhar terno para as pessoas que não conhecia, como se fossem potenciais elos e uma fileira de centros culturais aos quais, na hora certa, a

1 Na mitologia grega, monte consagrado a Apolo e às musas, símbolo tradicional da arte e da inspiração poética.

tocha da arte grega poderia ser passada adiante.

Ela me contou que nunca tinha ficado tão nervosa na sua vida. Claro que ela sabia o quão imensamente erudito eu era, e que quando ela estava prestes a começar, sua anfitriã sussurrou-lhe sobre a minha presença, e ela sentiu como se lhe faltasse o chão. Então (com a tal covinha) ela se lembrou da fala de Emerson[2] — era de Emerson? — de que enxergar a beleza era o próprio subterfúgio da beleza, e isso fez com que se sentisse um pouco mais confiante, pois tinha certeza de que ninguém via a beleza mais vividamente do que ela — quando criança, ficava horas sentada olhando para um vaso etrusco na estante da biblioteca, enquanto as irmãs brincavam com suas bonecas — e se enxergar a beleza era razão suficiente para falar disso, ora, ela tinha certeza de que eu faria concessões e não seria crítico ou sarcástico demais, especialmente se, como ela achava que fosse provável, eu tivesse ouvido falar que ela tinha perdido seu pobre marido, e como ela teve que dar as palestras por causa do bebê.

Um tanto segura de minha compreensão sobre esses assuntos, ela continuou dizendo que sempre quis muito me consultar sobre as palestras que dava. Claro, apenas uma matéria não seria suficiente (essa visão limitada da arte grega como uma "matéria" me trouxe o espanto do quão rápido uma palestrante bem-sucedida poderia esgotar todos os temas do universo); ela deveria encontrar outras; mas não tinha ainda se aventurado em nenhuma; tinha, porém, pensado em Tennyson — eu também não amava Tennyson? Ela o adorava a tal ponto que tinha certeza de que poderia ajudar

2 Provável referência ao ensaio "Natureza", do ensaísta, poeta e filósofo norte-americano Ralph Waldo Emerson (1803-1882).

os outros a entendê-lo; ou então, o que eu achava de um "curso" sobre Rafael ou Michelangelo — ou sobre as heroínas de Shakespeare? Havia algumas belas gravuras em aço das Madonas de Rafael e do teto da Capela Sistina na biblioteca de sua mãe, e ela tinha visto a Srta. Cushman[3] em várias peças shakespearianas, de modo que sobre esses assuntos ela se sentia qualificada para falar com autoridade.

Quando chegamos à porta da casa de sua mãe, ela me implorou para entrar para debatermos o assunto; também queria que eu visse o bebê — sentiu que eu a entenderia melhor se visse o bebê — e a covinha brilhou através de uma lágrima.

O medo de encontrar a autora de "A Queda do Homem", combinado com a providencial lembrança de um jantar, me fez fugir desse apelo com a promessa de voltar no dia seguinte. Então, no dia seguinte, me retirei da palestra mais cedo e acabei por não cumprir minha promessa; e por vários anos depois não vi mais a Sra. Amyot.

Naquela época, meu trabalho me levava, com intervalos irregulares, de uma cidade grande para a outra, e como a Sra. Amyot era uma nômade, era inevitável que mais cedo ou mais tarde nos cruzássemos. Portanto, não foi surpresa alguma que, numa tarde de neve em Boston, ouvi da senhora com quem eu almoçava que, assim que terminássemos, eu seria levado para ouvir a palestra da Sra. Amyot.

— Sobre arte grega? — arrisquei.

— Ah, você já a ouviu, então? Mas não, esta palestra é uma da série chamada "Casas e Assombrações dos Poetas". Na semana passada, tivemos Wordsworth e os poetas do

---

3 Charlotte Cushman (1816-1876), atriz americana, notabilizou-se sobretudo por interpretar peças de William Shakespeare.

Lake District[4]; hoje teremos Goethe e Weimar. Ela é uma criatura maravilhosa — todas as mulheres de sua família são geniais. Você deve saber, é evidente, que sua mãe era Irene Astarte Pratt, que escreveu um poema sobre "A Queda do Homem"; N. P. Willis[5] a chamou de a Milton feminina da América. Uma das tias da Sra. Amyot traduziu Eurip –.

— E ela continua bonita? — interrompi despreocupadamente.

Minha anfitriã pareceu chocada. — Ela é muitíssimo modesta e reservada. Costuma dizer que, para ela, é um sofrimento falar em público. Você sabe que ela faz isso só por causa do bebê.

Pontualmente na hora marcada, tomamos nossos assentos em um auditório bastante cheio de mulheres muito concentradas sob seus *ulsters*[6]. A Sra. Amyot era evidentemente a figura favorita entre essas irmãs sóbrias, pois todos os cantos da sala estavam lotados, e, quando entramos, um recepcionista pálido com uma pronúncia educadamente errada explicava às várias interessadas frustradas a impossibilidade de fornecer-lhes assentos.

Os nossos, felizmente, estavam bem à frente, e quando as cortinas ao fundo do palco se abriram e a Sra. Amyot apare-

4 Região da Inglaterra que tem laços profundos com o Romantismo. A beleza do lugar foi pano de fundo para diversas obras do movimento. A exaltação à natureza e ao sublime são alguns dos pontos que unem Lake District e o Romantismo inglês. Preservada, a área é hoje um disputado ponto de turismo literário.

5 Nathaniel Parker Willis (1806-1867), escritor, poeta e editor norte-americano.

6 Casacos originários da província irlandesa homônima, populares no século XIX. Caracterizam-se pelo comprimento longo, tecido de tweed e corte robusto. O ulster é o precursor do paletó moderno.

ceu, fui imediatamente capaz de estabelecer uma comparação entre a senhora que tranquilamente abria covinhas diante dos aplausos do seu público e a oradora tímida da sala de estar, da qual eu me lembrava.

A Sra. Amyot estava tão bonita quanto antes, e portava a mesma curiosa discrepância entre o frescor da sua aparência e a imponência do tema tratado, mas algo havia desaparecido da instabilidade envergonhada com que ela havia disparado seus primeiros tiros aleatórios na arte grega. Não que os tiros agora fossem menos incertos, mas agora ela tinha um ar confiante de que, para seu propósito, o centro do alvo poderia estar em qualquer lugar, de modo que não havia nenhuma necessidade de se sentir desajeitada na hora de atirar. Essa segurança facilitava de tal forma o fluxo de sua eloquência que ela parecia estar realizando um truque semelhante ao do mágico que tira centenas de metros de papel branco da boca. De uma grande variedade de adjetivos comuns, ela escolheu, com destreza e rapidez infalíveis, aquele que o bom gosto e o discernimento certamente teriam recusado, compondo seu assunto com um guarda-roupa inteiro de epítetos desimportantes em corte e tamanho comprados em brechó. Acrescentou à habilidade inestimável de não perturbar a concatenação de ideias em seu público, um talento que poderia ser chamado de tom confidencial — de modo que quando generaliza fluentemente sobre Goethe e seu lugar na literatura (a palestra foi, é claro, fabricada a partir do livro de Lewes[7]) e o sabor da experiência pessoal vinha à tona com base em opiniões

7 George Henry Lewes (1817-1878), filósofo, crítico literário e escritor inglês do século XIX. Escreveu, sobre Goethe, a obra T*he Life and Works of Goethe* (1855).

trocadas simpaticamente com seu público sobre a melhor maneira de tricotar meias infantis ou de preparar conservas para o inverno. Foi, tenho certeza, a esse jeitinho único — o equivalente moral a sua covinha — que a Sra. Amyot devia seu sucesso prodigioso e absurdo. Era sua arte de transpor ideias de segunda mão em emoções de primeira mão que a tornava tão querida para o seu público feminino.

Para qualquer um que não estivesse em busca de "certificados", o sucesso da Sra. Amyot dificilmente a tornaria mais interessante, e minha curiosidade vacilou com a crescente convicção de que o "sofrimento" que ela sentia ao falar em público era, no máximo, um espasmo longínquo. Eu tinha certeza de que ela havia chegado ao ponto de medir e admirar os efeitos disso, manipulando deliberadamente seu público; e deve ter havido de fato uma certa euforia em atingir resultados tão consideráveis por meios que envolvem tão pouco esforço consciente. A arte da Sra. Amyot era simplesmente uma extensão de galanteria: ela flertava com seu público.

Nesse clima de claro ceticismo, respondi apaticamente à sugestão da minha anfitriã de que eu deveria acompanhá-la naquela noite para ver a Sra. Amyot. A tia que havia traduzido Eurípides estava em casa nas noites de sábado, e por lá se encontravam pessoas "pensantes", minha anfitriã explicou: era um dos pontos mais intelectuais de Boston. Meu humor permaneceu claramente ressentido com qualquer conexão feita entre a Sra. Amyot e a intelectualidade, e recusei o convite; no dia seguinte, no entanto, encontrei a Sra. Amyot na rua.

Ela me interrompeu com reprovação. Tinha ouvido falar que eu estava em Boston; por que eu não tinha ido ontem à noite? Ela tinha sido informada de que eu estava em sua palestra, e isso a assustou — sim, mesmo, quase tanto quanto anos atrás em Hillbridge. Ela nunca conseguiu superar aquela timidez tola, e essa coisa toda nunca deixou de ser desagradável para ela; mas o que fazer? Lá estava o bebê — já era um menino grande agora, e meninos custam tão caro! Eu realmente achei que ela tivesse melhorado ao menos um pouquinho? E por que eu não a acompanhava até sua casa e visitava o menino, e lhe dizia francamente o que tinha pensado da palestra? Ela já era tão bajulada — as pessoas eram tão gentis, e todos sabiam que ela fazia isso pelo bebê — mas o que ela precisava mesmo era de críticas, críticas severas e duras como as minhas — ah, ela sabia que eu criticava sem piedade!

Acompanhei-a à casa e visitei o menino. No calor do seu endeusamento a Tennyson, a Sra. Amyot batizou o menino de Lancelot, e ele parecia mesmo o tal. Talvez, no entanto, tenha sido o vestido de veludo preto dele e o comprimento exasperante dos cachos loiros, juntamente com o fato de ele ter aprendido a recitar Browning[8] para visitantes, que fez com que a coceira nas minhas palmas se tornasse febril em sua presença de Infante Samuel[9]. Desde então, tive motivos para presumir que ele preferia ser chamado de Billy e caçar gatos com os outros meninos do quarteirão: seus cachos e

8 Robert Browning (1812-1889), importante poeta e dramaturgo vitoriano britânico, conhecido por seus monólogos dramáticos, linguagem complexa e temas psicológicos.

9 Alusão ao retrato fotográfico homônimo feito por Julia Margaret Cameron (1815-1879), renomada fotógrafa britânica e tia de Virginia Woolf. A imagem, de inspiração bíblica, retrata um menino de longos cabelos, em pose solene, e tornou-se célebre no círculo artístico vitoriano.

sua poesia eram simplesmente outro pretexto para a irreprimível coqueteria da Sra. Amyot.

Mas se Lancelot não era genuíno, o amor de sua mãe por ele era. Justificava tudo — as palestras eram para o bebê, afinal. Não cheguei a ficar dez minutos na sala antes que me fizesse prometer ajudá-la a executar sua fraude triunfante. Se ela quisesse dar uma palestra sobre Platão, pois deveria — Platão deve se expor como o resto de nós! Não era útil, é claro, ser "arbitrário". Guardei para mim os motivos que eu tinha e evitei cair nessa armadilha, porém sugeri algumas "matérias" e fiz uma lista de livros para ela com extrema arrogância, evidenciada ainda mais à medida que o tempo atenuava a lembrança que eu tinha do seu sorriso; lembro-me até de pensar que alguns homens poderiam ter resolvido isso se casando com ela, mas ainda assim entreguei Platão como refém e fugi para o trem que partia à tarde.

Encontrei-a novamente em Nova York, quando ela se tornou tão celebrada que era o dever da mulher ser vista em suas palestras. A senhora que me sugeriu ir à palestra da Sra. Amyot não foi muito clara sobre a razão, exceto que ela era simplesmente adorável, e tinha um marido horrível, e estava fazendo aquilo para sustentar o filho. O assunto da palestra (acho que era sobre Ruskin[10]) era claramente de menor importância, não apenas para a senhora com quem eu falava, mas para a multidão de senhoras bem-vestidas e distraídas que chegavam tarde, deixavam cair seus regalos e carteiras, e se perdiam indisfarçavelmente no estudo das roupas umas das outras. Elas receberam a Sra. Amyot calorosamente, mas

10 John Ruskin (1819-1900), crítico de arte, escritor e pensador social britânico.

era evidente que aquilo representava uma obrigação social como ir à igreja, que nada tinha de interesse genuíno; na verdade, suspeito que cada uma das senhoras teria faltado ao evento, se tivesse certeza de que nenhuma das outras viria.

Talvez a Sra. Amyot estivesse desanimada pela falta de conexão entre ela e suas ouvintes, ou talvez o esporte de despertar tal conexão tivesse se tornado uma obrigação; ela certamente transmitiu sua mediocridade com um ardor menos convincente do que o de antigamente. Sua voz tinha as mesmas inflexões confidenciais, mas era como uma voz reproduzida por um gramofone: a mulher verdadeira parecia distante. Ela tinha se tornado atarracada, ainda que não tivesse perdido o frescor, e seu vestido, elegante que fosse, era usado para mostrar as potencialidades de salário fixo ou alguma concessão política de acordo com o gosto das suas ouvintes. Enquanto a ouvia, me repreendi por ter suspeitado que ela se enganava ao dizer que não tinha prazer no seu trabalho. Agora, eu tinha certeza de que ela fazia aquilo apenas por Lancelot e, a julgar pelo tamanho de sua audiência e pelo preço dos ingressos, concluí que Lancelot devia estar recebendo uma educação liberal.

Eu estava morando em Nova York naquele inverno e, na dança das cadeiras dos jantares, me vi uma noite ao lado da Sra. Amyot. A covinha surgiu com minha saudação, tão pontual quanto um cuco em um relógio suíço, e detectei a mesma qualidade automática no tom que ela usava nos seus pedidos habituais por conselhos. Ela era como uma caixinha de música cheia de canções populares. Os sopros se sucediam com rapidez ofegante, mas havia um momento depois de cada um em que os cilindros raspavam e zumbiam.

A Sra. Amyot, como descobri quando a visitei, estava morando em um apartamento ensolarado, com uma sala de estar cheia de flores e uma mesa de chá que parecia sempre esperar visitas. Ela me confessou ser absurdamente bem-sucedida. Isso era delicioso, é claro, por Lancelot, que tinha sido enviado para a melhor escola do país, e se as coisas corressem bem e as pessoas não se cansassem de sua mãe tola, em seguida ele iria para Harvard. Durante os dois ou três anos seguintes, a Sra. Amyot manteve seu apartamento em Nova York e irradiou arte e literatura para os subúrbios. Eu a via de vez em quando, sempre mais atarracada, mais bem-vestida, mais bem-sucedida e mais irreflexiva: ela havia se tornado uma máquina de dar palestras.

Durante um ou dois anos estive viajando pelo exterior e, quando voltei, ela havia desaparecido. Perguntei a várias pessoas sobre o seu paradeiro, mas a vida tinha acabado para ela. A última notícia que se se tinha dela era que estava dando palestras — ainda dando palestras —, mas ninguém parecia saber quando ou onde.

Foi em Boston que finalmente a encontrei, desamparada ao som das oscilações de uma correia suspensa em um bonde lotado. Seu rosto havia mudado tanto que me perdi em um cálculo assustado do tempo que havia decorrido desde nossa separação. Ela falou comigo timidamente, como se estivesse ciente do meu julgamento precipitado e consciente de que em cinco anos ela não deveria ter mudado tanto a ponto de perturbar minha noção de tempo. Então ela pareceu pensar que eu julgava seu vestido, pois de forma apreensiva juntou um manto com as mãos para escondê-lo, e se encolheu em um assento atrás da fila de bípedes preênseis bloqueando o corredor do vagão.

Talvez tenha sido por ela tão obviamente ter me evitado, que senti pela primeira vez que poderia lhe ser útil; e quando ela saiu do vagão, nem pensei numa desculpa para não segui-la.

Ela não mencionou nada sobre conselhos e não me pediu para ir com ela para casa, enquanto conversávamos, escondendo suas preocupações nítidas sob o disfarce de que, de repente, estava interessada em tudo o que eu vinha fazendo desde a última vez em que nos vimos. Das coisas que a preocupavam, soube que estava cansada e que seu médico havia ordenado repouso, soube que Lancelot estava bem e que no momento ela não estava dando palestras. Na porta de uma casa velha, ela parou e estendeu a mão. Ficou tão feliz em me ver e disse que avisasse se voltasse a Boston novamente — a covinha cansada, por assim dizer, me fez uma reverência e fechou a porta na conclusão da frase.

Duas ou três semanas depois, no meu clube em Nova York, encontrei uma carta dela. Ela confessava estar preocupada, já que ultimamente não tinha tido sucesso e, se por acaso eu voltasse para Boston talvez pudesse lhe dar um pouco daquele conselho inestimável que... Poucos dias depois, o conselho estava à disposição dela, que me contou francamente o que se passava. Seu público tinha se cansado. Ela já vinha notando isso há algum tempo e era astuta o suficiente para detectar as causas; tinha mais rivais do que antes — mulheres mais jovens, admitiu com um sorriso que ainda podia se dar ao luxo de ser generoso — e então seu público se tornou mais crítico e, consequentemente, mais exigente. Dar palestras — como ela entendia — costumava ser bastante simples.

Você escolhia seu tópico — Rafael, Shakespeare, Arquitetura Gótica ou algum grande "assunto" familiar — e lia sobre ele por uma semana ou mais no Athenaeum ou na Biblioteca Astor, e então contava ao seu público o que tinha lido. Agora, parecia que esse processo simples não era mais o adequado. As pessoas estavam cansadas de "assuntos" familiares; era moda se interessar por coisas que nem sempre se explicavam — seleção natural, magnetismo animal, sociologia e folclore comparativo; enquanto, na literatura, a demanda se tornara igualmente difícil de atender, desde que Matthew Arnold[11] introduziu o hábito de estudar a "influência" de um autor sobre outro. Ela tentou dar palestras sobre essas influências, e se saiu muito bem, pois o público ficou satisfeito com o rastreamento de influências tão óbvias como a de Turner sobre Ruskin, de Schiller sobre Goethe, de Shakespeare sobre literatura inglesa; mas tais investigações logo perderam todo o charme para seu público muito sofisticado, que agora exigia que a influência ou o influenciado fosse completamente desconhecido, ou que não houvesse nenhuma conexão perceptível entre os dois. O entusiasmo da apresentação estava na medida de engenhosidade com que o palestrante estabelecia uma relação entre duas pessoas que provavelmente nunca tinham ouvido falar uma da outra, muito menos lido as obras uma da outra. Uma bela Srta. Williams com cabelos ruivos, por exemplo, estava dando palestras com grande sucesso sobre a influência dos Rosacruzes na poesia de Keats, enquanto outra pessoa dava um "curso" sobre a influência de São Tomás de Aquino no Professor Huxley.

---

11 Matthew Arnold (1822-1888): poeta, crítico literário e ensaísta britânico.

A Sra. Amyot pareceu sentir-se contente com a minha participação na sua angústia, e continuou dizendo que a crescente demanda por evolução era o que mais a incomodava. Seu avô tinha sido um pilar do ministério presbiteriano, e a ideia de ela dar palestras sobre Darwin ou Herbert Spencer era profundamente chocante para sua mãe e tias. De certa forma, a família tinha apostado tanto nas esperanças literárias quanto nas espirituais na inspiração literal do Gênesis: que fim havia levado "A Queda do Homem" à luz da exegese moderna?

Consequentemente ela tinha parado de dar palestras porque não conseguia mais vender ingressos o suficiente para pagar o aluguel de uma sala de aula; e quanto aos gerentes, eles não queriam olhar para ela. Ela tinha tentado a sorte em todos os estados do Leste e tão ao sul quanto Washington; mas não adiantava nada, e a menos que ela viesse com novos tópicos — ou, melhor ainda, novos públicos —, ela deveria simplesmente largar aquele afazer. Isso significaria fracassar em tudo pelo que havia trabalhado, já que Lancelot teria de deixar Harvard. Ela fez uma pausa e chorou algumas das lágrimas indecorosas que brotam da tristeza verdadeira. Lancelot, ao que parecia, era um gênio. Ele havia passado brilhantemente nos exames iniciais; tinha "dons literários"; tinha escrito belos poemas, muitos dos quais sua mãe havia copiado, em caracteres reverentemente inclinados, em um volume encadernado em veludo que ela tirou de uma gaveta trancada.

Os versos de Lancelot não me pareceram nada mais alarmantes do que as dores de quem cresce; mas não era para saber disso que ela me convocou. O que ela queria era ter certeza de que valia a pena continuar a trabalhar por ele, uma certeza que, aliás, consegui transmitir com o simples estratagema de comentar que os poemas me lembravam Swinburne[12] — e era o que acontecia, assim como Browning, Tennyson, Rossetti e todos os outros poetas que fornecem inspiração original aos jovens autores.

Estabelecido esse ponto, restava decidir por quais meios sua mãe, na frase francesa, pagaria a si mesma o luxo de ter um poeta. Era claro que esse prazer só poderia ser comprado com moeda falsa, e que a única maneira de ajudar a Sra. Amyot era me tornar parte da circulação dessa moeda. Meu fetiche por integridade intelectual caiu por terra como nove pinos de um jogo de boliche face ao apelo de uma mulher que já não era mais jovem, era objetivamente tola e cheia de contradições e futilidades que sempre farão a carne e o sangue prevalecerem diante de um silogismo. Quando me despedi da Sra. Amyot, prometi-lhe uma dúzia de cartas para universidades na costa oeste e me comprometi a esboçar uma palestra sobre a reconciliação da ciência e da religião.

Na costa oeste, ela alcançou tal sucesso que por mais de um ano amarguei minha leitura na inspeção dos jornais matinais. Como o fascínio que atrai o assassino de volta à cena de seu crime, meu olhar se atraía para cada parágrafo celebrando a mais recente palestra brilhante da Sra. Amyot que falava sobre a influência de algo sobre alguém; e as cartas — ela me encheu de cartas — não poupavam detalhes do entretenimento oferecido em sua homenagem pelo Palimpsest

12 Algernon Charles Swinburne (1837-1909), poeta e dramaturgo britânico, notabilizado por seu estilo exuberante, temas provocativos e domínio da métrica.

Club de Omaha ou da recepção que teve na Universidade de Leadville. Os professores universitários eram especialmente gentis: ela me garantiu que nunca na vida tinha encontrado simpatia tão genuína. Estremeci com o adjetivo, que lançou uma luz repentina sobre a vasta maquinaria de fraude que eu havia posto em movimento. Por toda a minha terra de origem, homens de integridade até então imaculada estavam conspirando comigo para incitar seus amigos a irem ouvir a Sra. Amyot dar uma palestra sobre a reconciliação da ciência e da religião! Minha única esperança era que, em algum lugar entre o número de cúmplices, a Sra. Amyot pudesse encontrar alguém que se casasse com ela em defesa de suas convicções.

Aparentemente, nenhum deles apelou para tal atitude heroica, já que cerca de dois anos depois, fui pego de surpresa com o anúncio de que a Sra. Amyot estava palestrando em Trenton, Nova Jersey, sobre teosofia moderna à luz dos Vedas. Na semana seguinte, ela estava em Newark, discutindo Schopenhauer à luz da psicologia recente. E uma semana depois, eu estava no convés de um navio a vapor, reconsiderando minha responsabilidade no triunfo da Sra. Amyot com a mesma imparcialidade de quem vê um acontecimento sendo deixado para trás numa velocidade de vinte nós por hora. Afinal, eu estava ajudando uma mãe a educar seu filho.

Os dez anos seguintes da minha vida foram passados na Europa, e quando voltei para casa, a lembrança da Sra. Amyot havia se tornado tão inofensiva quanto um daqueles fantasmas patéticos que fazem de tudo para serem vistos pelos vivos. Nem sequer notei o fato de não ter mais ouvido falar nela; ela havia caído como uma folha morta do galho da memória.

Um ou dois anos após meu retorno, fui condenado a um dos piores castigos que um trabalhador pode sofrer — férias forçadas. Os médicos que pronunciaram a sentença desumana decretaram que ela deveria ser executada no Sul, e por um inverno inteiro carreguei minha tosse, meu termômetro e minha ociosidade de um laranjal da moda para outro. No vasto e melancólico mar da minha desocupação, agarrei-me como um homem se afogando a qualquer madeira humana à deriva que estivesse ao meu alcance. Passei a depreciar e criticar as tosses, os termômetros e a ociosidade dos colegas doentes; e apeguei-me com entusiasmo indiscriminado aos saudáveis, aos que trabalhavam e aos mais ativos.

Em retrospectiva, não há como explicar de outra maneira a importância que atribuí às confidências do período de relaxamento de um recém-chegado de barba castanha que, numa tarde, inclinado para trás ao meu lado em uma varanda de hotel decorada com rosas, me contou todos os detalhes do seu passado. Não havia nada na sua história que acendesse a imaginação mais estimulável, e embora seu rosto fosse franco e ameno, e a voz agradavelmente distinta daquelas com inflexões estridentes dos nossos companheiros de quarto, é provável que, em outras circunstâncias, seu discurso sobre empreendimentos comerciais bem-sucedidos em uma cidade do Oeste teria tido em mim o efeito de uma canção de ninar.

Mesmo durante aqueles momentos, não tinha certeza se gostava de sua voz graciosa: tinha algo de uma autoimportância que não combinava com a natureza monótona de sua história, como se uma brisa responsável por sacudir uma toalha de mesa quisesse inflar uma bandeira. Mas essa crítica pode ter sido uma mera marca de minha própria meticulosidade, pois o homem parecia um sujeito simples, satisfeito com suas fortunas medianas e já (ele não passava muito dos trinta) profundamente mergulhado em assuntos conjugais.

Ele tinha acabado de começar uma anedota sobre o quão duro seu filho mais velho dava no trabalho, quando uma senhora que não me era estranha, voltando de um passeio ao fim do dia, parou por um momento diante de nós, com o sorriso perfeito, mas desperdiçado nela.

— Você não aceita um ingresso? — ela disse amavelmente.

Claro que eu aceitaria um ingresso, mas para quê? — arrisquei perguntar.

— Ah, que gentil da sua parte — para a palestra desta noite. Você não precisa ir, entende; nenhum de nós, de fato, vai; a maioria de nós já fez isso antes em Aiken, em Saint Augustine e em Palm Beach. Dei meus ingressos para algumas pessoas novas que acabaram de chegar do Norte, e algumas de nós vão mandar nossas empregadas, só para encher a sala.

— E posso perguntar a quem você dedica tamanha atenção?

— Ah, achei que você soubesse — para a pobre Sra. Amyot. Ela tem dado palestras por todo o Sul durante o inverno; ela simplesmente não sai da minha cabeça desde que saí de Nova York — tivemos seis semanas das suas palestras em Bar Harbor no verão passado! Devemos comprar os ingressos, entende, porque ela é viúva e faz isso pelo filho — para pagar pela educação dele. Ela é tão corajosa e gentil, e fala sobre isso de uma forma tão tocante e despretensiosa, que todo mundo sente pena dela, por isso todas nós simplesmente nos acabamos de comprar ingressos. Espero que a educação do menino esteja quase concluída!

— Sra. Amyot? Sra. Amyot? — repeti. — Ela ainda está pagando pela educação do filho?

— Ah, você a conhece? Ela está nessa atividade há muito tempo? Há algum conforto nisso, pois suponho que quando o menino terminar seus estudos, a pobrezinha poderá descansar um pouco — e nos dar também um descanso!

Ela riu e estendeu a mão.

— Aqui está seu ingresso. Você disse ingressos — dois? Ah, obrigada. Claro que você não precisa ir.

— Mas eu pretendo ir. A Sra. Amyot é uma velha amiga minha.

— É mesmo? Muito gentil da sua parte. Talvez eu também vá se eu conseguir persuadir Charlie e as outras a virem. E eu me pergunto — com uma virada de corpo bem direcionada — se seu amigo –?

Ali no crepúsculo sinalizei a ela que meu amigo era muito inexperiente para se interessar por atos de caridade, e ela disfarçou o fora sob uma série de lembretes simpáticos para que não me atrasasse e para me certificar de reservar um lugar para ela, pois tinha decidido ir mesmo que Charlie e as outras não fossem.

O farfalhar de suas saias diminuiu à medida que se distanciava, e meu colega de quarto, que tinha se virado para acender um charuto, não fez nenhum esforço para reabrir a conversa. Por fim, temendo que ele pudesse ter ouvido a alusão a si mesmo, aventurei-me a perguntar se ele iria à palestra naquela noite.

— Muito obrigado, já tenho um ingresso — disse abruptamente.

Aquilo me soou de tão mau gosto que não respondi; e então ele falou em seguida.

— Eu ouvi você dizer que era um velho amigo da Sra. Amyot?

— Acho que posso me considerar tal, se essa for a mesma Sra. Amyot que tive o prazer de conhecer há muitos anos. A Sra. Amyot que eu conheci costumava dar palestras também –.

— Para pagar a educação do filho?

— Acredito que sim.

— Bem, vejo você mais tarde.

Ele se levantou e entrou.

No lobby do hotel naquela noite havia apenas um punhado escasso de convidados, entre os quais vi meu amigo de barba castanha sentado sozinho em um sofá, com a cabeça encostada na parede. Não poderia ter sido apenas a curiosidade de ver a Sra. Amyot que o obrigou a assistir à palestra, pois seria impossível para ele, se não mudasse de lugar, conseguir enxergar o palco improvisado no final da sala. Quando olhei em sua direção, ele parecia perdido enquanto contemplava o lustre.

A senhora de quem eu havia comprado os ingressos chegou atrasada, sem a presença de Charlie e das outras, e me garantiu que enlouqueceria se tivéssemos a palestra sobre Ibsen — ela já a tinha ouvido três vezes só durante aquele inverno. Uma olhada no programa a tranquilizou: a informação (na própria letra inclinada da palestrante) era de que a Sra. Amyot daria uma palestra sobre a Cosmogonia.

Após uma longa pausa, durante a qual o pequeno público tossiu, mexeu as cadeiras e mostrou sinais de arrependimento por ter ido, a porta se abriu, e a Sra. Amyot subiu ao palco.

Pobre senhora!

Alguém pediu silêncio, a tosse e o movimento das cadeiras diminuíram, ela, então, começou.

Era como olhar para si mesmo através de um espelho rachado logo ao acordar. Eu não fazia ideia de que tinha envelhecido tanto. E Lancelot, então, já deve até ter barba. Barba? A palavra me atingiu, e sem saber por que olhei através da sala para meu amigo barbudo no sofá. Estranhamente, ele me encarava, e tinha uma expressão um pouco desafiadora, meio mal-humorada; então, quando nossos olhares se cruzaram, e o dele caiu, a convicção veio a mim de que ele era Lancelot.

Não me lembro de uma palavra da palestra; e ainda assim eram em número suficiente para encher um dicionário de bom tamanho. O fluxo da eloquência da Sra. Amyot tornara-se uma enxurrada, causando a sensação angustiante de que havia um vazamento em sua fala e que, até que o encanador chegasse, nada poderia ser feito.

O encanador finalmente chegou, na forma de um relógio marcando dez; a senhora dos bilhetes, com um suspiro aliviado, foi embora em busca de Charlie e das outras; o público se dispersou com a pressa daqueles que haviam cumprido um dever; e, como esperava, o estranho de barba castanha encontrava-se ao meu lado.

Ficamos sozinhos no chão da sala simples, sob o lustre aceso.

— Talvez eu tenha ouvido você dizer esta tarde que era um velho amigo da Sra. Amyot? — ele começou sem jeito.

Concordei.

— Você vai entrar lá e encontrá-la?

— Agora? Seria um prazer, se...

— Ela está pronta; está esperando por você — interrompeu.

Ele não deu mais nenhuma explicação, e eu o segui em silêncio. O estranho me levou pelo longo corredor e abriu a porta de uma sala de estar.

— Mãe — ele disse, fechando a porta depois que entramos —, aqui está o cavalheiro que disse conhecê-la.

A Sra. Amyot, que estava sentada numa poltrona mexendo uma tigela de sopa, olhou para cima com um sobressalto. Ela evidentemente não tinha me visto na plateia, e pela descrição de seu filho não ligou o nome à pessoa. Vi um olhar espantado no seu semblante; então, como uma flor congelada na vidraça, a covinha se expandiu em sua bochecha enrugada, e ela estendeu a mão.

— Estou tão contente — ela disse —, tão contente!

Ela se virou para o filho, que estava nos observando. — Você deve ter contado a Lancelot tudo sobre mim — você me conhece há tanto tempo!

— Não tive tempo de falar com seu filho — desde que soube que era seu filho — expliquei.

Sua testa se iluminou. — Então não deu tempo de contar a ele nada de tão terrível? — ela disse com um riso.

— É ele quem tem dito coisas terríveis — eu respondi, tentando imitar o seu tom.

Notei que havia cometido um erro

— Que coisas? — ela vacilou.

— Me fazendo sentir o quão velho eu sou ao me contar sobre seus próprios filhos.

— Meus netos! — ela exclamou, corando.

— Bem, de fato eles podem ser chamados assim.

Ela riu de novo, ligeiramente, depois ficou em silêncio. Hesitei por um momento e então estendi minha mão.

— Vejo que você está cansada. Eu não deveria ter me aventurado a entrar a essa hora, mas seu filho –.

O filho então se posicionou entre nós. — Sim, eu pedi para que ele viesse — ele disse para sua mãe, num tom claro e confiante. — Eu ainda não contei nada a ele; mas você precisa — agora. Foi para isso que eu o trouxe aqui.

Sua mãe se endireitou, mas eu vi seu olho vacilar.

— Lancelot... — ela começou.

— Sr. Amyot — eu disse, virando-me para o jovem —, se sua mãe permitir que eu volte amanhã, ficarei muito feliz –.

Ele deu um soco contra a mesa na qual estava encostado.

— Não, senhor! Isso não vai demorar muito, mas tem que ser dito agora.

Ele se aproximou de sua mãe, e eu vi seu lábio se contrair debaixo da sua barba. Afinal, ele era, então, mais imaturo e menos seguro de si do que eu imaginava.

— Escuta aqui, mãe — ele continuou —, há algo aqui que precisa ser esclarecido, e como você disse que este cavalheiro é um velho amigo seu, é melhor que seja esclarecido na presença dele. Talvez ele possa ajudar com uma explicação — e se não puder, isso precisa ser explicado a ele.

Os lábios da Sra. Amyot se moveram, mas deles não saiu qualquer som. Ela olhou para mim desamparada e sentou-se. Minha inclinação inicial de acabar com Lancelot estava se reafirmando. Peguei meu chapéu e fui em direção à porta.

— A Sra. Amyot não tem qualquer obrigação de me explicar nada — eu disse secamente.

— Bem! A obrigação dela é comigo, então — a de explicar

algo na sua presença. — Ele se virou para ela novamente. — Você sabe o que as pessoas neste hotel estão dizendo? Você sabe o que ele acha — o que todos acham? Que você dá palestras para me sustentar — para custear a minha educação! Dizem que você anda por aí contando essa história. É por isso que eles compram os ingressos — compram por caridade. Pergunte a ele se não é verdade — pergunte a ele se as pessoas não faziam piada disso na praça antes do jantar. As pessoas acham que eu sou um garotinho, mas ele te conhece há anos, e ele devia imaginar a minha idade. Ele devia saber que isso não era para pagar minha educação!

Lancelot parou diante dela com as mãos cerradas, as veias pulsando nas têmporas. Ela estava muito pálida, e as bochechas pareciam esvaziadas. Quando ela falou, sua voz tinha um estalo estranho.

— Se... se essas senhoras e senhores têm vindo às minhas palestras por caridade, não vejo vergonha alguma nisso... — ela hesitou.

— Eles têm vindo por caridade a mim — ele retrucou —, você não vê que está me tornando cúmplice de uma fraude? Não há vergonha nisso? — Sua testa ficou vermelha. — Mãe! Você não vê a vergonha de deixar as pessoas pensarem que eu era um idiota que se aproveitava de você para bancar meu sustento? E pior é nos tornar motivo de chacota em todos os lugares aonde você vai!

— Eu nunca fiz isso, Lancelot!

— Fez o quê?

— Nunca fiz de você motivo de chacota...

Ele se aproximou dela e segurou seu pulso.

— Você vai me olhar na cara e jurar que nunca contou às

pessoas que estava dando palestras para me sustentar?

Houve um longo silêncio. Ele soltou o pulso da mãe, e a Sra. Amyot levou um lenço usado até os olhos assustados. — Eu fiz isso — para te apoiar, para te educar — ela soluçou.

— Não estamos falando sobre o que você fez quando eu era criança. Todo mundo que me conhece sabe que fui um filho grato. Por acaso já tirei de você um centavo que fosse desde que saí da faculdade, há dez anos?

— Eu nunca disse que você tirou dinheiro de mim! Como pode acusar sua mãe de tamanha maldade, Lancelot?

— Você não contou nada a ninguém neste hotel — ou em qualquer outro lugar nos últimos dez anos — que estava dando palestras para me sustentar? Responda-me!

— Como você pode — ela chorou —, diante de um estranho?

— Não foi você que contou mentiras sobre mim para estranhos? — ele retrucou.

— Lancelot!

— Pois responda-me, então. Diga que não é verdade, mãe! — Sua voz quebrou inesperadamente, e ele pegou a mão dela com um toque gentil. — Eu vou acreditar em qualquer coisa que você me disser — rogou quase humildemente.

Ela se confundiu com o tom de voz do filho e levantou a cabeça com um aperto precipitado de dignidade.

— Eu acho que, antes, é melhor você pedir desculpas a este cavalheiro.

— Não, pelo amor de Deus, não vou! — ele gritou. — Este cavalheiro diz que sabe tudo sobre você, e eu quero que ele saiba tudo sobre mim também. Eu não permito que ele ou qualquer outra pessoa sob este teto continue pensando por mais vinte e quatro horas que um centavo do dinheiro deles já foi para meus bolsos desde que eu tinha idade suficiente para me virar sozinho. E ele não vai sair desta sala até que você deixe isso claro para ele.

Ele deu um passo para trás enquanto falava e colocou os ombros contra a porta.

— Meu caro jovem cavalheiro — eu disse educadamente —, vou sair desta sala exatamente quando eu achar adequado fazê-lo — e isso é agora. Eu já lhe disse que a Sra. Amyot não me deve nenhuma explicação sobre sua conduta.

— Mas eu lhe devo uma explicação — a você e a todos que compraram um ingresso que seja para essas palestras. Você acha que um homem que passou pelo que eu passei — enquanto aquela senhora falava com você na varanda antes do jantar — vai ficar quieto e não se explicar? Nenhum homem decente pode consentir esse tipo de coisa. Seria o suficiente para acabar com seu caráter. Se você é amigo da minha mãe, deve ouvir o que eu tenho a dizer.

Ele pegou seu lenço e enxugou a testa.

— Meu Deus, mãe! — ele explodiu de repente. — Por que você fez isso? Você não teve tudo o que quis desde que eu pude me sustentar sozinho? Eu não te paguei de volta cada centavo que você gastou comigo quando eu estava na faculdade? Eu já voltei para pedir ajuda desde que tive tamanho o suficiente para trabalhar? — Ele se virou para mim com uma risada. — Achei que ela fizesse isso para se divertir — e porque havia uma demanda tão grande por suas palestras. Uma demanda tão grande! Era o que ela sempre me dizia. Quando pedimos para ela vir e passar o inverno conosco em Minneapolis, ela respondeu que não podia porque tinha compromissos por todo o Sul, e seu empresário não a deixaria ir. Por isso vim até aqui vê-la. Imaginávamos que ela fosse a palestrante mais popular dos Estados Unidos, minha esposa e eu imaginávamos! E nos orgulhávamos disso, te garanto. — Ele desabou numa cadeira, ainda rindo.

— Como você tem coragem, Lancelot, como você tem coragem! — Esquecida da minha presença, ela se agarrava ao filho com carícias hesitantes. — Quando você já não precisava mais do dinheiro, eu passei a gastar tudo com as crianças — você sabe disso.

— Sim, em vestidos de renda para batizados e cavalos de balanço de estatura real com crinas de verdade! O tipo de coisa que as crianças não podem viver sem.

— Ah, Lancelot, Lancelot — eu queria tanto agradá-los! Como você pode fazer tão mau juízo de mim?

— Mau juízo de você?

— Sim, que eu contei essas coisas terríveis às pessoas que você diz que eu contei?

Ele a acomodou de volta gentilmente, encarando seus olhos. — Você nunca disse a ninguém neste lugar que estava indo dar uma palestra para ajudar seu filho?

As mãos dela caíram dos ombros dele, e ela olhou para mim com raiva repentina.

— Eu sei bem o que penso de pessoas que se fazem de amigas, mas que ficam entre uma mãe e seu filho!

— Mãe, mãe! — ele chiou.

Fui até onde ele estava e pus minha mão sobre o seu ombro.

— Meu caro — eu disse —, você não vê o quão inútil é prolongar isso?

— Sim, vejo — respondeu abruptamente; e antes que eu

pudesse impedir, ele se levantou e saiu da sala.

Houve um longo silêncio, medido pelas reverberações cada vez menores de seus passos no piso de madeira do corredor.

Quando cessaram, me aproximei da Sra. Amyot, que estava afundada em sua cadeira. Estendi minha mão e ela a pegou sem um pingo de ressentimento no seu rosto assolado.

— Eu enviei para a esposa dele uma jaqueta de pele de foca no Natal! — ela disse, com lágrimas escorrendo por suas bochechas.

SEMENTES DE ROMÃ

Charlotte Ashby parou diante da porta. A escuridão descia sobre a luminosidade da tarde de março, e a vida urbana, áspera e dura, estava no auge. Ela deu as costas para a porta, permanecendo por um breve instante no antigo vestíbulo de mármore antes de inserir a chave na fechadura. As cortinas de tela, que estavam fechadas sobre os vitrais da porta interna e suavizavam a luz interior, transformaram-se num borrão quente através do qual detalhe algum podia ser visto. Durante os primeiros meses do seu casamento com Kenneth Ashby, era essa a hora em que ela mais gostava de voltar àquela casa silenciosa localizada na rua deserta de lojas e vitrines já há muito tempo. O alarido entre o barulho impessoal de Nova York, seu brilho devorador de luzes, a opressão de seu tráfego congestionado, as casas, as vidas, as mentes obstruídas e este santuário oculto que ela chamava de lar sempre a comoviam profundamente. Bem no olho do furacão, ela havia encontrado sua pequena ilha — ou pelo menos era o que pensava. Agora, porém, nos últimos meses, as coisas tinham mudado, e ela frequentemente hesitava na soleira da porta e era preciso se forçar para entrar.

Durante o momento em que esteve ali, lembrou-se da cena lá dentro: o corredor coberto de quadros antigos, os degraus em forma de escadote e, à esquerda, a vasta e decadente biblioteca do marido, repleta de livros, cachimbos e poltronas puídas, convidando à meditação. Como ela costumava adorar aquele espaço! Depois, no andar de cima, sua própria sala de estar que, desde a morte da primeira esposa de Kenneth, não teve nem móveis nem cortinas trocados, porque nunca sobrava dinheiro, mas que Charlotte decorou à sua maneira, mudando móveis de lugar e adicionando mais livros, um abajur diferente, uma mesa para as novas revistas. Mesmo na ocasião de sua única visita à primeira senhora Ashby — uma mulher distante e egocêntrica, a quem conhecera muito pouco —, ela já havia olhado ao redor com uma inveja inocente do que via, sentindo que era exatamente a sala de estar que ela gostaria de ter; agora, já passado mais de um ano, ela podia fazer com a sala o que bem quisesse — o quarto para onde ela corria ao anoitecer nos dias de inverno, onde se sentava para ler ao pé da lareira, ou organizar a correspondência na escrivaninha agradavelmente espaçosa ou dar uma olhada nos cadernos dos enteados, até ouvir os passos do marido.

Vez ou outra os amigos vinham; algumas vezes — com mais frequência — ela ficava sozinha; era o que preferia porque era uma forma de estar com Kenneth, pensando no que ele havia dito quando se despediram pela manhã, imaginando o que ele diria quando subisse as escadas correndo, a encontrasse sozinha e a puxasse para perto de si.

Porém agora, em vez disso, ela só pensava em uma coisa — a carta que poderia ou não encontrar na mesa do corredor. Até se certificar de que se encontrava ou não lá, sua mente não tinha espaço para mais nada. A carta era sempre a mesma — um envelope quadrado em tom de cinza com "Kenneth Ashby, Senhor." escrito em negrito, mas em letras apagadas.

De pronto, Charlotte achou estranho que alguém com uma letra tão firme pudesse escrever cartas com traços tão desbotados; o endereço era sempre escrito como se tivesse faltado tinta, ou o pulso de quem escrevia fosse ficando fraco demais para continuar. Outra curiosidade era que apesar da letra ter traços masculinos, a forma era visivelmente feminina. Algumas caligrafias são assexuadas, outras masculinas, à primeira vista; a letra no envelope cinza, apesar de toda a sua força e segurança, era sem dúvida de uma mulher. Tudo o que o envelope trazia era o nome do destinatário; nenhum selo, nenhum endereço. Presumidamente, a carta foi entregue em mãos — mas por quem? Sem dúvida, foi deixada na caixa de correio, de onde a criada a tirou quando fechou as persianas e acendeu as luzes da casa. De qualquer forma, era sempre à noite, depois de escurecer, que Charlotte a notava. Pensou nas cartas no singular, como "aquilo", porque, embora desde seu casamento tivessem existido várias cartas — sete, para ser exata —, elas eram tão similares na aparência que, em sua mente, se fundiram uma na outra, tornando-se uma carta só, tornando-se "aquilo".

A primeira havia chegado no dia seguinte ao retorno da lua de mel — uma viagem estendida às Índias Ocidentais, de onde retornaram para Nova York após um período de cerca de dois meses. Ao entrar em casa com o marido, já tarde naquela primeira noite — eles tinham jantado na casa da mãe dele —, ela viu, sozinho sobre a mesa da sala, o envelope cinza. Seus olhos o viram antes dos de Kenneth, e seu primeiro pensamento foi: "Que engraçado, conheço essa escrita de algum lugar"; mas era impossível se lembrar de onde. Ela se lembrava o suficiente para que identificasse a letra sempre que olhava vagamente o mesmo envelope pálido; mas naquele primeiro dia ela teria se esquecido da carta, não fosse o olhar do marido em direção ao envelope. Aconteceu num piscar de olhos — ele viu a carta, estendeu a mão para pegá-la, levou-a até os olhos míopes para decifrar a escrita apagada e, então, desfez abruptamente o braço que tinha dado a Charlotte e se afastou dando as costas a ela em direção à luz. Ela esperou uma palavra, uma exclamação que fosse; esperou que ele abrisse a carta; mas ele acabou enfiando-a no bolso sem dizer uma palavra, e a levou em direção à biblioteca. Lá se sentaram perto da lareira e acenderam seus cigarros, enquanto ele permaneceu em silêncio, a cabeça jogada para trás, pensativo, contra a poltrona, os olhos fixos na lareira, passando a mão, então, pela testa e dizendo: — Não estava um calor incomum na casa da minha mãe esta noite? Estou com a cabeça doendo. Importa-se se eu for me deitar?

Aquela foi a primeira vez. Desde então, Charlotte nunca mais esteve presente quando ele recebia a carta. Geralmente aquilo chegava antes que ele voltasse do escritório, e ela subia e deixava o envelope lá. E mesmo que não visse a carta, ela saberia da sua chegada devido à mudança de feição do marido quando se aproximava dela — aproximação essa que se tornava rara naquelas noites antes do jantar. Era evidente que ele queria ficar sozinho para lidar com o conteúdo da carta — qualquer que fosse. E quando ele voltava parecia ter envelhecido significativamente, parecia esvaziado de vida e coragem, e insensível à presença dela. Às vezes, silenciava-se pelo resto da noite; e se falava, era geralmente para fazer alguma crítica aos arranjos domésticos dela, sugerir alguma mudança na administração da casa, ou perguntar, um pouco agitado, se ela não achava a babá de Joyce um tanto jovem e volúvel, ou se ela pessoalmente se certificava de que Peter — cuja garganta era frágil — estivesse devidamente agasalhado quando ia à escola. Nessas ocasiões, Charlotte se lembrava dos gentis conselhos que havia recebido quando ficou noiva de Kenneth Ashby: "Casar com um viúvo de coração partido! Não é arriscado demais? Você sabe como Elsie Ashby o dominava por completo"; e como ela respondia brincando: "Talvez ele fique feliz com um pouco de liberdade para variar". E nesse aspecto ela estava certa. Durante os primeiros meses, ela não precisou da confirmação de ninguém para saber que o marido estava perfeitamente feliz com ela. Quando voltaram da lua de mel estendida, esses mesmos amigos perguntavam: "O que você fez com o Kenneth? Ele parece vinte anos mais moço"; e ela respondia com uma alegria despreocupada: "Acho que estou dando trabalho para ele."

Mas o que ela notou depois que os envelopes cinza começaram a aparecer não foi tanto a sua tendência a resmungar — que parecia ser sempre proferida contra a vontade dele —, mas o semblante dos seus olhos uma vez que se aproximou dela após receber uma das cartas. O olhar não era impiedoso, nem mesmo indiferente; era o olhar de um homem que havia estado tão distante das trivialidades que, quando se vê diante das coisas familiares, elas parecem estranhas. Ela se importava mais com isso do que com os resmungos.

Embora tivesse certeza desde o início de que a letra no envelope cinza era de uma mulher, demorou muito para que ela associasse as cartas misteriosas a qualquer segredo sentimental. Ela estava segura demais do amor do marido, confiante em preencher a vida dele para que tal ideia lhe ocorresse. Dava a entender com mais probabilidade que as cartas — que certamente não pareciam lhe proporcionar nenhum prazer sentimental — fossem endereçadas ao seu papel de advogado muito solicitado, e não à pessoa reservada que era. Provavelmente a remetente era alguma cliente insistente — mulheres, ele lhe dizia com frequência, eram quase sempre quem compunha sua lista de clientes insistentes — que não queria que suas cartas fossem abertas pela secretária dele e, portanto, as mandava entregar na própria casa. Era isso; mas, nesse caso, a mulher desconhecida devia ser extraordinariamente incômoda, a julgar pelo efeito que suas cartas produziam. Por outro lado, embora sua discrição profissional fosse exemplar, era estranho que ele nunca tivesse proferido um comentário impaciente sequer, nunca tivesse comentado com Charlotte, nem mesmo num momento de descontração, que havia uma mulher incômoda que o importunava sobre um caso que a prejudicara. Ele havia confessado coisas desse tipo — é claro, sem dar nomes ou maiores detalhes; mas, em relação a essa misteriosa remetente, seus lábios estavam selados.

Havia outra possibilidade: o que o eufemismo classificaria de "antigo envolvimento". Charlotte Ashby era uma mulher sofisticada. Tinha poucas ilusões sobre as complexidades do coração humano; sabia que frequentemente existiam relacionamentos antigos. Mas quando se casou com Kenneth Ashby, em vez de insinuar tal possibilidade, suas amigas disseram: "Você vai ter que cortar um dobrado. Casar com um Don Juan é pedir por isso. Kenneth nunca olhou para outra mulher desde que viu Elsie Corder pela primeira vez. Durante todos os anos de casamento, ele parecia mais um amante infeliz do que um marido confortavelmente satisfeito. Ele nunca deixará você trocar uma poltrona de lugar ou mexer num abajur; e tudo o que você se aventurar a fazer, ele irá, em sua mente, comparar com o que Elsie teria feito em seu lugar."

A não ser por uma pontual desconfiança apreensiva quanto à sua capacidade de cuidar das crianças — desconfiança que foi aos poucos dissipada por seu bom humor e pelo evidente carinho que sentia pelas crianças —, nenhum desses avisos se concretizou. O viúvo desolado que as amigas mais próximas comentavam ser tão absorto nos interesses profissionais que era isso a única coisa que o impedira de cometer suicídio após a morte de sua primeira esposa, apaixonou-se, dois anos depois, por Charlotte Gorse e, após cortejá-la de forma impetuosa, casaram-se e foram para uma lua de mel nos trópicos. Desde então, ele se mostrava tão terno e amoroso quanto durante as primeiras semanas radiantes. Antes de pedi-la em casamento, ele lhe havia falado abertamente sobre seu grande amor pela primeira esposa e seu desespero após sua morte repentina; mas, mesmo assim, não parecia ter se abalado, nem insinuado que a vida estava impossibilitada de renovação. Ele tinha sido direto e franco com Charlotte e havia confessado que, desde o início, esperava que o futuro lhe reservasse novos presentes. Após o casamento, quando retornaram à casa onde ele tinha passado os doze anos com a primeira esposa, ele disse imediatamente a Charlotte que lamentava não poder arcar com o luxo de uma reforma especialmente para ela, mas que sabia que cada mulher tinha seus próprios gostos em relação a móveis e todos os tipos de arranjos domésticos e que, para um homem, isso passaria despercebido. Assim, ele implorou que ela fizesse as mudanças que achasse convenientes sem se dar ao trabalho de consultá-lo. Por isso, ela mudou o mínimo possível; a maneira com a qual ele havia começado a nova vida no antigo ambiente foi tão descontraída e despreocupada que fez com que ela ficasse imediatamente à vontade, a ponto de quase lamentar descobrir um retrato de Elsie Ashby, que costumava ficar pendurado sobre a escrivaninha de sua biblioteca, e que havia sido transferido, na ausência deles, para o quarto das crianças. Sabendo ser a causa indireta desse banimento, ela conversou com o marido; mas ele respondeu:

— Bem, eu pensei que seria bom para eles que crescessem com ela os olhando do alto. — A resposta comoveu Charlotte, que se deu por satisfeita; com o passar do tempo, ela teve que confessar que se sentia mais em casa, mais à vontade e em confiança com o marido, já que aquele rosto longo, frio e belo na parede da biblioteca não a seguia mais com olhos atentos. Era como se o amor de Kenneth tivesse penetrado no segredo que ela mesma mal reconhecia dentro do seu próprio coração — a necessidade apaixonada de se sentir a única até mesmo em relação ao passado dele.

Apesar de toda aquela felicidade acumulada que a fortalecia, curiosamente, ela vinha, recentemente, cedendo a uma apreensão nervosa. E lá estava a tal apreensão; naquela tarde em particular — talvez por estar mais cansada do que o normal, ou pela dificuldade de encontrar uma nova cozinheira, ou por alguma outra razão ridiculamente trivial, moral ou física — ela se viu incapaz de reagir contra um sentimento. Com a chave na mão, ela olhou para trás, para a rua silenciosa, para a azáfama e a iluminação da grande via pública lá longe, e para o céu já incendiado com a vida noturna da cidade. "Lá longe", pensou ela, "arranha-céus, anúncios, telefones, rádios, aviões, filmes, motores e todo o resto do século XX; e do outro lado da porta algo que não consigo explicar, com o qual não consigo fazer qualquer relação. Algo tão antigo quanto o mundo, tão misterioso quanto a vida... Bobagem! Com o que estou me preocupando? Não recebo uma carta dessas há três meses — desde o dia em que voltamos do interior depois do Natal... Estranho que sempre pareçam vir depois das nossas férias!... Por que eu deveria supor que chegaria uma hoje à noite?"

Ela não sabia por que, mas a pior coisa — uma das piores! — era que havia dias em que ela ficava ali parada, gélida e tremendo, com a premonição de algo inexplicável, intolerável, a ser enfrentado do outro lado das cortinas transparentes das vidraças; e quando abria a porta e entrava, não havia nada; e nos outros dias em que sentia o mesmo arrepio premonitório, justificava-se por ter visto o envelope cinza. De modo que, desde a última vez que chegara, passou a sentir frio e premonições todas as noites, pois nunca abria a porta sem pensar que a carta pudesse estar lá.

De todo modo, já estava farta; disso ela sabia. Não podia continuar dessa maneira. Se o marido empalidecia e tinha dor de cabeça nos dias em que a carta chegava, parecia se recuperar depois; mas ela, ao contrário, não. A tensão tornava-se crônica nela, e não era difícil saber por quê. O marido sabia de quem vinha a carta e o que continha; estava preparado de antemão para qualquer coisa com que tivesse de lidar e tinha domínio da situação, por pior que fosse; enquanto ela estava fechada no escuro com suas conjecturas.

— Não aguento mais! Não aguento mais um minuto sequer! — exclamou em voz alta, enquanto colocava a chave na fechadura. Girou a chave e entrou; e lá, sobre a mesa, estava a carta.

II

Ela quase se alegrou vendo aquilo. Como se justificasse tudo, desse uma clareza a toda aquela situação confusa. Uma carta para o marido; uma carta de uma mulher — sem dúvida, mais uma vulgaridade de "relacionamentos passados". Que tola ela tinha sido em duvidar que era esse o caso, em se esforçar para encontrar explicações menos óbvias! Pegou o envelope com a mão firme e altiva, olhou atentamente para as letras apagadas, segurou-o contra a luz e mal discerniu o contorno da folha dobrada dentro. Sabia que agora não teria paz até descobrir o que estava escrito naquela folha.

Seu marido não havia chegado; raramente voltava do escritório antes das seis e meia ou sete, e ainda nem eram seis. Ela teria tempo de levar a carta para a sala de estar, colocá-la contra a chaleira que, àquela hora, sempre fervia perto da lareira, esperando a volta dele, desvendaria o mistério e devolveria a carta onde a tinha encontrado. Ninguém saberia, e sua dúvida torturante acabaria. A alternativa, claro, era interrogar o marido; mas sentia que isso era ainda mais difícil. Ela equilibrou a carta entre o polegar e o indicador, olhou-a novamente sob a luz, começou a subir as escadas com o envelope — mas desceu e o colocou novamente sobre a mesa.

— Não, evidentemente não tenho o direito — disse ela, decepcionada.

O que era suposto que ela fizesse, então? Não conseguiria

seguir para a sala tão acolhedora, servir-se de chá, examinar sua correspondência, passar os olhos em algum livro ou resenha — não com aquela carta lá embaixo e a certeza de que em poucos instantes seu marido entraria, a abriria e seguiria sozinho para a biblioteca, como sempre fazia nos dias em que o envelope cinza chegava.

Então, decidiu. Ela esperaria na biblioteca e testemunharia por si mesma; veria o que acontece entre ele e a carta enquanto não eram observados. Ela se perguntou como aquela ideia nunca lhe tinha ocorrido antes. Deixando a porta entreaberta e sentando-se no canto atrás dela, poderia observá-lo sem ser vista... Pois, então, ela faria isso! Puxou uma cadeira para um canto, sentou-se, com os olhos fixos na fresta, e esperou.

Era, se não lhe falhasse a memória, a primeira vez que tentava descobrir o segredo de outra pessoa, e não sentia que fosse algo inescrupuloso. Ela via simplesmente como se estivesse lutando para atravessar uma névoa sufocante da qual precisava sair a todo custo.

Levantou-se num salto ao ouvir, finalmente, a chave de Kenneth. O impulso de sair correndo e ir ao seu encontro quase fez com que se esquecesse da razão pela qual estava ali; no entanto, lembrou-se a tempo e posicionou-se na cadeira novamente. De onde estava, acompanhou toda a extensão de seus movimentos — viu-o entrar no corredor, puxar a chave da porta e tirar o chapéu e o sobretudo. Então, ele se virou para jogar as luvas na mesa do hall e, naquele momento, viu o envelope. Seu rosto estava diretamente iluminado pela luz, e o que Charlotte notou num primeiro momento foi uma expressão de surpresa. Evidentemente, ele não esperava encontrar a carta — não havia pensado na possibilidade de ela estar lá naquele dia. Ainda que não esperasse, sabia muito bem do seu conteúdo. Não abriu de imediato e, imóvel, a cor do seu rosto foi desaparecendo lentamente. Parecia hesitante em tocar o envelope ou não; mas, por fim, estendeu a mão, abriu-o e se posicionou em direção à luz. Ao fazê-lo, virou as costas para Charlotte, e ela viu apenas sua cabeça inclinada e seus ombros ligeiramente curvados. Supostamente tudo estava escrito em uma única página, já que ele não virou a folha, e encarou a carta por tempo suficiente para lê-la uma dúzia de vezes — ou era o que parecia para a mulher que o observava sem fôlego. Ela, então, o viu se mover; levar a carta para ainda mais perto dos olhos, como se não a tivesse decifrado completamente. Por fim, ele abaixou a cabeça, e ela viu seus lábios tocarem a folha.

— Kenneth! — ela exclamou quando apareceu na frente dele.

Com a carta agarrada na mão, o marido se virou e olhou para ela. — Onde você estava? — perguntou ele, em voz baixa e perplexa, como um homem despertando do seu sono.

— Na biblioteca, esperando por você. — Ela tentou firmar a voz: — O que está acontecendo? O que tem nessa carta? Você está com uma aparência pavorosa.

A agitação dela pareceu acalmá-lo, e ele imediatamente guardou o envelope no bolso com uma risada suave. — Pavorosa? Desculpe. Tive um dia difícil no escritório — um ou dois casos complicados. Suponho que eu esteja com uma aparência exausta.

— Você não parecia cansado quando entrou. Foi só quando abriu essa carta...

Ficaram na biblioteca, se entreolhando. Charlotte notou a rapidez com que ele havia recuperado o autocontrole; sua profissão o havia preparado para se recompor rapidamente. Logo ela se deu conta de que estaria em desvantagem em qualquer tentativa de desvendar o segredo dele, mas, ao mesmo tempo, não estava disposta a manipulá-lo ou enganá-lo, fazendo-o revelar coisas que quisesse omitir. Seu desejo era desvendar o mistério, simplesmente para ajudar o marido a aguentar o fardo que aquilo implicava. "Mesmo que seja outra mulher", ela pensou.

— Kenneth — ela o chamou, com o coração acelerado —, esperei aqui de propósito para vê-lo entrar. Queria observá-lo enquanto você abria a carta.

O rosto dele, que havia empalidecido, tornou-se vermelho-escuro; depois, empalideceu novamente. — Aquela carta? Por que justamente aquela carta?

— Porque notei que elas provocam um efeito estranho em você quando chegam.

Um vinco de raiva jamais visto por ela surgiu entre os olhos do marido, e ela pensou: "A parte superior do rosto dele é muito estreita; esta é a primeira vez que noto essa característica."

Ela o ouviu continuar, no tom frio e levemente irônico do advogado de acusação argumentando: — Ah; então você tem o hábito de observar as pessoas abrindo suas cartas sem que elas saibam que você está lá?

— Não tenho esse hábito. Nunca fiz algo do gênero antes. Mas eu precisava descobrir o que ela lhe escreve, em intervalos regulares, naqueles envelopes cinza.

Ele ponderou por um momento: — Os intervalos não têm

sido regulares — disse ele.

— Ouso dizer que você faz um melhor controle das datas do que eu — ela retrucou, sua magnanimidade desaparecendo com o tom dele. — Tudo o que eu sei é que toda vez que aquela mulher lhe escreve...

— Por que você presume que seja uma mulher?

— A letra é de mulher. Você nega?

Ele sorriu. — Não, eu não nego. Perguntei apenas porque era para a letra, no geral, se assemelhar mais à de um homem.

Charlotte ignorou aquela observação com impaciência. — Então, essa mulher... sobre o que ela lhe escreve?

Mais uma vez, ele pareceu refletir por um momento. — Sobre negócios.

— Negócios jurídicos?

— De certa forma, sim. Negócios em geral.

— Você cuida dos negócios dela?

— Sim.

— Há muito tempo?

— Sim. Há muito tempo.

— Kenneth, meu bem, por que não me diz quem ela é?

— Não posso. — Ele fez uma pausa e comentou, como se hesitasse: — Sigilo profissional.

O sangue subiu do coração de Charlotte para suas têmporas. — Não diga isso... não diga isso!

— Por que não?

— Porque eu vi você beijar a carta.

Aquelas palavras tiveram um efeito tão desconcertante que ela se arrependeu imediatamente de tê-las dito. O marido, que tinha se submetido ao interrogatório com um comportamento um tanto desdenhoso, como se estivesse dando satisfações a uma criança irracional, voltou-se para ela com uma expressão de terror e angústia. Por um minuto, pareceu incapaz de falar; então, recompondo-se com esforço, gaguejou: — A letra está muito apagada; você deve ter me visto segurando a carta perto dos olhos para tentar decifrá-la.

— Não; eu vi você beijando-a. — Ele ficou em silêncio. — Não foi isso que eu vi?

Ele mergulhou novamente na indiferença. — Talvez.

— Kenneth! Como você tem a petulância de me dizer isso?

— Que diferença isso pode fazer para você? A carta é sobre negócios, como eu lhe disse. Você acha que eu mentiria sobre isso? A remetente é uma amiga muito antiga que não vejo há muito tempo.

— Homens não beijam cartas de negócios, mesmo escritas por mulheres que são velhas amigas, a menos que tenham sido suas amantes ou que haja algum arrependimento.

Ele deu de ombros levemente e se virou, como se considerasse a discussão encerrada; parecia levemente nauseado com o rumo que aquilo havia tomado.

— Kenneth! — Charlotte se aproximou dele e segurou seu braço.

Ele fez uma pausa com uma expressão de cansaço e colocou a mão dele sobre a dela. — Você não acredita em mim? — perguntou gentilmente.

— Como posso? Tenho visto essas cartas chegarem para você — já faz meses que elas aparecem. Desde que voltamos das Índias Ocidentais — uma delas deu o ar da graça no mesmo dia em que chegamos. E depois que cada uma chega, vejo o efeito estranho que elas têm sobre você, vejo você perturbado, infeliz, como se alguém estivesse tentando afastá-lo de mim.

— Não, querida; isso não. Nunca!

Ela recuou e olhou para ele com uma súplica apaixonada.

— Então me prove, querido. É tão fácil!

Ele forçou um sorriso. — Não é fácil provar nada para uma mulher que está convencida de uma ideia.

— Você só precisa me mostrar a carta.

Ele recuou enquanto sua mão escorregava da dela e, então, balançou a cabeça.

— E então?

— Eu não posso.

— Então a mulher que escreveu é sua amante.

— Não, querida. Não é.

— Talvez não seja ainda. Suponho que ela esteja tentando te reconquistar, e você esteja lutando, por pena de mim. Meu pobre Kenneth!

— Eu te juro que ela nunca foi minha amante.

Charlotte sentiu as lágrimas brotarem em seus olhos. — Ah, pior ainda — isso é impossível! As espertas são aquelas que mantêm seu homem sob controle. Todas nós sabemos disso. — Ela levou as mãos ao rosto, cobrindo-o.

O marido permaneceu em silêncio; sem consolar ou negar e, por fim, enxugando as lágrimas, ela ergueu os olhos quase timidamente para ele.

— Kenneth, pense bem! Estamos casados há tão pouco tempo. Pense no quanto você está me fazendo sofrer. Primeiro você diz que não pode me mostrar esta carta. E então, se recusa até mesmo a me explicar.

— Eu lhe disse que a carta é sobre negócios. Te juro também isso.

— Um homem jura qualquer coisa para proteger uma mulher. Se quer que eu acredite em você, pelo menos me diga o nome dela. Se fizer isso, prometo que não peço mais para ver a carta.

Houve uma longa pausa suspensa, durante a qual ela sentiu o coração bater contra as costelas em rápida aceleração de advertência, como se a alertasse do perigo em que estava incorrendo.

— Não posso — ele disse, por fim.

— Nem mesmo o nome dela?

— Não.

— Não pode me dizer nada?

— Não.

Nova pausa; desta vez, ambos pareciam ter chegado ao fim de suas discussões e permaneceram impotentes, frente a frente, diante de um desconcertante deserto de incompreensão.

Ofegando, Charlotte permaneceu onde estava, com as mãos no peito. Sentia como se tivesse corrido em disparada, mas perdido o alvo. Tinha a intenção de sensibilizar o marido e só conseguiu irritá-lo; seu erro pareceu transformá-lo em um estranho, um ser misterioso e incompreensível, a quem nenhum argumento ou súplica da qual ela lançasse mão conseguiria sensibilizar. O curioso era que ela não sentia da parte dele qualquer hostilidade ou mesmo impaciência, mas algo ainda mais penoso, como um distanciamento, uma inacessibilidade. Sentia-se excluída, ignorada, apagada da vida dele. Ao observá-lo com mais calma por um ou dois instantes, ela percebeu que ele sofria tanto quanto ela. Seu rosto distante e reservado estava marcado pela dor; ainda que os envelopes cinza trouxessem algo sombrio, nada se comparava à marca profunda que a conversa com a esposa havia deixado.

Charlotte se encorajou; talvez, afinal, não tivesse desperdiçado sua última flecha. Aproximou-se e mais uma vez pousou a mão no braço do marido. — Pobre Kenneth! Se soubesse o quanto me sensibilizo por você...

Ela notou que ele estremeceu ligeiramente com tamanha expressão de compaixão, ainda assim, ele pegou a mão dela e a segurou.

— Não posso cogitar a ideia da incapacidade de amar — continuou ela —, de sentir a beleza de um grande amor, mas de ser instável demais para suportar seu fardo.

Ele lançou-lhe um olhar de reprovação melancólica. — Ah, não diga isso de mim. Instável!

Ela sentiu que percorria o caminho certo, e sua voz se alterou em entusiasmo: — Então, e quanto a mim e essa outra mulher? Você já não se esqueceu de Elsie duas vezes em um único ano?

Ela raramente pronunciava o nome da primeira esposa dele; não vinha naturalmente à boca. Ao pronunciá-lo, recuou como se atirasse um explosivo perigoso no espaço aberto entre eles esperando a explosão.

O marido não se moveu; sua expressão ficou mais triste, ainda que não demonstrasse ressentimento. — Eu nunca me esqueci da Elsie — ele disse.

Charlotte não conseguiu reprimir uma risada débil. — Pobre você, entre nós três...

— Não há... — ele começou a dizer; e então interrompeu a fala e levou a mão à testa.

— Não há o quê?

— Desculpe; acho que não sei o que estou dizendo. Estou com uma dor de cabeça terrível. — Ele parecia tão pálido e tenso que a afirmação soava verdadeira, ainda que ela estivesse exasperada com a evasiva.

— Ah, sim; uma dor de cabeça causada pelo envelope cinza! Ela viu o olhar surpreendido dele. — Eu tinha esquecido o quão atentamente estou sendo observado — disse ele friamente. — Se me der licença, acho que vou subir e tentar passar uma hora no escuro, para ver se consigo me livrar dessa neuralgia.

Ela hesitou. Depois disse em tom de desespero: — Sinto muito que sua cabeça esteja doendo. Mas antes que vá, quero dizer que, mais cedo ou mais tarde, essa questão precisa ser esclarecida entre nós. Alguém está tentando nos separar, e não me importa o quanto me custe descobrir quem é. — Ela o olhou fixamente. — Se me custar o seu amor, não me importo! Se não posso ter a sua confiança, não quero nada de você.

Ele ainda a olhava com tristeza. — Me dê um momento.

— Momento para quê? Só precisa dizer uma palavra.

— Um momento para provar que você não perdeu o meu amor nem a minha confiança.

— Estou aguardando.

Ele se virou para a porta e então olhou para trás, hesitante. — Então, aguarde, meu amor — disse ele, e saiu do cômodo.

Ela ouviu seus passos arrastados na escada e a porta do quarto dele se fechando no andar de cima. Então, ela se jogou em uma cadeira e cobriu o rosto com os braços cruzados. Seu primeiro movimento foi de contrição; sentia que tinha sido dura, desumana, deselegante. "E pensar em dizer a ele que eu não me importava se minha insistência me custasse o amor dele! Que mentira!" Ela se levantou para segui-lo e desdizer as palavras tolas. Mas foi detida por um reflexo. Afinal, ele havia conseguido o que queria; conseguiu escapar de todos os ataques ao seu segredo e agora estava trancado sozinho em seu quarto, lendo a carta daquela outra mulher.

III

Ela ainda refletia sobre o acontecido quando a copeira entrou na sala e surpreendeu-se ao encontrá-la. Não, Charlotte avisou, não ia se trocar para o jantar; o Sr. Ashby não queria jantar. Ele estava muito cansado e já se encontrava em seus aposentos, repousando; mais tarde, ela mandaria servir algo numa bandeja na sala de estar. Subiu as escadas para o quarto. Seu vestido de jantar estava sobre a cama e, ao vê-lo, a rotina tranquila de sua vida diária tomou conta dela e ela começou a sentir como se a estranha conversa que havia tido com o marido tivesse acontecido em outro mundo, entre dois seres que não eram Charlotte Gorse e Kenneth Ashby, mas fantasmas projetados por sua imaginação febril. Sua memória lembrou-se do ano inteiro desde o casamento — a devoção constante do marido; sua ternura tão presente, quase insistente demais; a sensação que tantas vezes passava a ela de sua dependência, de estar excessivamente próximo dela, como se não houvesse ar suficiente entre sua alma e a dele. Quando se lembrava disso, parecia absurdo que há poucos momentos ela o tivesse acusado de um caso com outra mulher! Mas, e então...

Mais uma vez, ela foi movida pelo impulso de ir até ele, pedir-lhe perdão e tentar rir para dissipar o mal-entendido. Mas foi contida pela intensidade que era invadir sua privacidade. Ele estava perturbado e infeliz, oprimido por alguma dor ou fissura; e havia lhe expressado que queria lutar sua batalha sozinho. Seria mais sensato, além de mais generoso, respeitar seu desejo. Mas era estranho demais, assim como era insuportável estar ali, no quarto ao lado do dele, e se sentir do outro lado do mundo! Em sua agitação nervosa, ela quase se arrependeu de não ter tido coragem de abrir a carta e colocá-la de volta na mesa do corredor antes que ele entrasse. Pelo menos ela saberia qual era o segredo que o marido guardava, e o bicho-papão teria desaparecido. Ela, então, começou a pensar no mistério como algo consciente, malévolo: uma perseguição secreta que a fazia se apequenar, mas da qual não conseguia sair. Uma ou duas vezes, nos olhos evasivos do esposo, ela pensou ter detectado um desejo de ajuda, um impulso de confissão, instantaneamente contido e suprimido. Era como se ele sentisse que ela poderia tê-lo ajudado se soubesse, mas ele era incapaz de dizer!

Cogitou procurar a mãe dele. Ela gostava muito da velha Sra. Ashby, uma senhora magra de olhos claros, com uma aspereza de fala direta que correspondia à franqueza e simplicidade da própria natureza de Charlotte. Havia um vínculo tácito entre elas desde o dia em que a Sra. Ashby, a mãe, vindo almoçar pela primeira vez com sua nova nora, foi recebida por Charlotte no andar de baixo, na biblioteca, e, olhando para a parede vazia acima da mesa do filho, comentou laconicamente: — Elsie foi embora, pois? — acrescentando, à explicação murmurada de Charlotte: — Bobagem. Não justifique isso. Um casal só é feito por duas pessoas. — Diante da opinião da sogra, Charlotte mal pôde conter-se e trocou um sorriso de cumplicidade com ela. Agora, parecia-lhe que a franqueza quase despropositada da Sra. Ashby poderia penetrar no cerne desse novo mistério. Mas nesse ponto ela, novamente, hesitou, pois a ideia implicava uma sensação de traição. Que direito tinha ela de chamar alguém, mesmo um parente tão próximo, para revelar um segredo que o marido tentava esconder? "Talvez, com o tempo, ele fale com a mãe por conta própria", pensou, e então concluiu: "Mas e daí? Ele e eu precisamos resolver isso entre nós."

Ela ainda estava remoendo o problema quando o marido bateu à porta e entrou. Ele estava pronto para o jantar e pareceu surpreso ao vê-la sentada ali, com o vestido de noite jogado intocado sobre a cama.

— Você não vai descer?

— Achei que você não estivesse bem e tivesse ido dormir — ela hesitou.

Ele forçou um sorriso. — Não estou particularmente bem, mas é melhor descermos. — Seu rosto, embora ainda abatido, parecia mais calmo do que antes, quando havia subido a escada.

"É isso; ele sabe o que está na carta e travou sua batalha novamente, seja lá o que for", refletiu ela, "enquanto eu ainda não sei o que se passa." Ela tocou o sino e ordenou apressadamente para que o jantar fosse servido o mais rápido possível — apenas uma refeição leve, o que pudesse ser preparado prontamente, pois ela e o Sr. Ashby estavam bastante cansados e com pouca fome.

O jantar foi servido, e eles tomaram seus lugares. A princípio, nenhum dos dois pareceu conseguir encontrar uma palavra para dizer; então Ashby começou a conversar com uma presunção de tranquilidade que era mais opressiva do que seu silêncio. "Como ele está cansado! Como está imensamente cansado!", Charlotte disse para si, perseguindo seus próprios pensamentos enquanto ele divagava sobre política municipal, aviação, uma exposição de pintura francesa moderna, a saúde de uma tia idosa e a instalação do telefone automático. "Céus, como ele está cansado!"

Quando jantavam sozinhos, tinham o hábito de ir à biblioteca logo depois, e Charlotte se aconchegava no divã com seu tricô enquanto ele se acomodava em sua poltrona sob o abajur e acendia o cachimbo. Mas naquela noite, por acordo tácito, evitaram o cômodo onde a estranha conversa tinha ocorrido e subiram para a sala de estar dos aposentos de Charlotte.

Sentaram-se perto da lareira, e Charlotte quis saber: — Seu cachimbo? — depois que ele pousou o café que mal havia tomado.

Ele balançou a cabeça. — Não, hoje não.

— Você precisa ir para a cama logo; parece terrivelmente cansado. Tenho certeza de que está sobrecarregado no trabalho.

— Acredito que todos nós trabalhamos excessivamente, vez ou outra.

Ela se levantou e ficou diante dele com repentina resolução. — Bem, não vou deixar você gastar suas forças se acabando dessa maneira. É um absurdo. Vejo que você está doente. — Ela se inclinou sobre ele e colocou a mão na sua testa. — Meu pobre Kenneth. Prepare-se para ser levado em breve para umas longas férias.

Ele olhou para ela, surpreso. — Férias?

— Exatamente. Você não sabia que eu ia te levar para viajar na Páscoa? Vamos começar dentro de duas semanas uma viagem de um mês para algum lugar. Um cruzeiro qualquer. — Ela fez uma pausa e se inclinou para mais perto, tocando a testa dele com os lábios. — Eu também estou cansada, Kenneth.

Ele pareceu não prestar atenção às suas últimas palavras, mas sentou-se, com as mãos nos joelhos, a cabeça um pouco afastada do carinho dela, e olhou para a esposa com um olhar apreensivo. — De novo? Minha querida, não podemos; eu não posso me ausentar.

— Como assim "de novo", Kenneth; ainda não tiramos férias, de fato, durante este ano.

— No Natal, passamos uma semana com as crianças no campo.

— Sim, mas desta vez gostaria de ir sem as crianças, sem os empregados, longe de casa. Longe de tudo que é familiar e cansativo. Sua mãe vai adorar ficar com Joyce e Peter.

Ele franziu a testa e balançou a cabeça lentamente. — Não, querida; não posso deixá-los com a minha mãe.

— Ora, Kenneth, que absurdo! Ela os adora. Você não pensou duas vezes em deixá-los com ela por mais de dois meses quando fomos para as Índias Ocidentais.

Ele respirou fundo e se levantou, inquieto. — Aquilo foi diferente.

— Diferente? Por quê?

— O que quero dizer é que naquela época não notei — ele interrompeu-se como se estivesse escolhendo as palavras e então continuou: — Minha mãe adora as crianças, realmente. Mas ela não é muito rígida. Avós sempre mimam as crianças. E às vezes ela diz coisas que não devia na frente delas. — Ele se virou para a esposa com um gesto quase lamentável de súplica. — Não me peça isso, querida.

Charlotte refletiu. Era verdade que a Sra. Ashby, a mãe, tinha uma língua destravada, mas era a última mulher no mundo a dizer ou insinuar algo diante dos netos que pudesse ofender até mesmo o pai mais escrupuloso. Charlotte olhou para o marido, perplexa.

— Eu não compreendo.

Ele continuou a lançar-lhe o mesmo olhar perturbado e suplicante. — Não insista — murmurou.

— Não insista?

— Agora não — ainda não. — Ele ergueu as mãos e as pressionou contra as têmporas. — Não vê que não adianta insistir? Não posso me ausentar, por mais que eu queira.

Charlotte ainda o examinava atentamente. — O que quero saber é: você quer ir?

Ele retribuiu o olhar por um instante; então seus lábios começaram a tremer, e ele disse, quase sem fôlego: — Eu quero — qualquer coisa que você queira.

— E mesmo assim...

— Não me questione mais. Eu não posso me ausentar — eu não posso!

— Você quer dizer que não pode ficar longe do alcance dessas cartas!

O marido, que estivera imóvel diante dela, numa atitude inquieta e um pouco hesitante, então, virou-se subitamente e caminhou uma ou duas vezes de um lado para o outro da sala, com a cabeça baixa e os olhos fixos no tapete.

Charlotte sentiu o ressentimento aumentar com seus medos. — É isso — insistiu. — Por que não admitir? Você não pode viver sem as cartas.

Ele continuou a andar pela sala de um lado para o outro, com expressão atribulada; então parou de repente, sentou-se em uma cadeira e cobriu o rosto com as mãos. Pelo tremor de seus ombros, Charlotte viu que ele estava chorando. Ela nunca tinha visto um homem chorar, exceto seu pai, depois da morte de sua mãe, quando era pequena; e ainda se lembrava de como a visão a assustara. E agora ela estava alarmada; sentia que o marido estava sendo arrastado para longe dela, para uma servidão sombria, e ela, por sua vez, precisava esgotar suas últimas forças na tentativa da sua liberdade e da dele.

— Kenneth... Kenneth! — ela implorou, ajoelhando-se ao lado dele. — Você não vai me ouvir? Não vê que estou sofrendo? Não sou irracional, querido; não sou. Acho que nunca teria reparado nas cartas se não fosse pelo efeito que causaram em você. Não é do meu feitio bisbilhotar os assuntos dos outros; e mesmo que o efeito tivesse sido diferente — sim, sim; ouça-me —, se eu tivesse visto que as cartas te faziam feliz, que você as esperava ansiosamente, contando os dias para a chegada, que você as desejava, que elas te davam algo que eu não soube dar — ora, Kenneth, não digo que eu não deveria ter sofrido com isso também; mas teria sido diferente, e eu teria tido coragem de esconder o que sentia, e a esperança de que um dia você pudesse sentir por mim o que sentia pela autora das cartas. Mas o que não suporto é ver como você tem medo delas, como elas te fazem sofrer, e mesmo assim como você não consegue ficar sem elas, e que não quer se ausentar para que não perca nenhuma de vista durante o seu afastamento. Ou talvez — acrescentou ela, com a voz se quebrando num grito de acusação —, talvez seja porque ela realmente o proibiu de se ausentar. Kenneth, você precisa me responder! É esse o motivo? É por que ela o proibiu de vir comigo?

Ainda ajoelhada perto dele, ela ofereceu suas mãos e puxou, delicadamente as dele para perto de si. Sentia vergonha pela sua persistência, vergonha de expor seu semblante confuso e desordenado, ao mesmo tempo que se sentia decidida a não permitir que tais escrúpulos a parassem. Ele olhava para baixo, e os músculos do rosto tremiam; ela o fazia sofrer ainda mais do que ela própria sofria. Mesmo assim, ela não se conteve.

— Kenneth, é isso, então? Ela não nos permite viajar juntos?

Ele manteve o silêncio sem virar os olhos para ela; uma sensação de derrota a invadiu. A batalha estava perdida, afinal, ela pensou. — Não precisa responder. Vejo que estou certa — disse ela.

De repente, quando ela se levantou, ele se virou e a puxou para baixo novamente. Suas mãos seguraram as dela e as apertaram com tanta força que ela sentiu os anéis cortando sua carne. Havia algo assustado, convulsivo em seu aperto; era o aperto de um homem que se sentia à beira de um precipício. Ele a olhava fixamente de tal forma que parecia ser ela sua única salvação. — É claro que iremos viajar juntos. Iremos para onde você quiser — disse em voz baixa e confusa; e, abraçando-a, puxou a esposa para junto de si e pressionou seus lábios nos dela.

IV

Charlotte disse a si mesma: "Esta noite consigo dormir", mas, em vez disso, sentou-se diante da lareira até altas horas da madrugada, atenta a qualquer som que viesse do quarto do marido. Ele, por sua vez, parecia estar descansando após a noite tumultuada. Uma ou duas vezes, ela passou rapidamente pela porta e, na tênue luz que entrava da rua pela janela aberta, viu-o estendido em um sono profundo — o sono da fraqueza e do cansaço. "Ele está doente", pensou, "não há dúvidas de que está doente. Não acho que seja excesso de trabalho; a razão é essa perseguição misteriosa."

Ela respirou aliviada. Havia travado uma luta exaustiva, e a vitória era dela — pelo menos por enquanto. Se ao menos pudessem ter partido imediatamente — partido para qualquer lugar! Ela sabia, porém, que seria inútil pedir-lhe que viajassem antes das férias; e, enquanto isso, a influência misteriosa — sobre a qual ela ainda não sabia absolutamente nada — continuaria a agir contra ela, e ela teria que reiniciar a batalha todos os dias até que pudessem viajar. E, então, tudo seria diferente. Se pudesse tirar o marido dali e levá-lo para conhecer outros céus, tinha certeza de poder libertá-lo do feitiço maligno que o dominava. Embalada pelo pensamento, ela também, finalmente, dormiu.

Quando acordou, já passava muito do seu horário habitual, e sentou-se na cama, surpresa e irritada por ter dormido demais. Tinha gosto em descer para tomar o café da manhã com o marido perto da lareira da biblioteca; mas uma olhada no relógio deixou claro que ele já devia ter saído para o escritório há muito tempo. Para se certificar, pulou da cama e foi em direção ao quarto dele; mas o quarto estava vazio. Sem dúvida, ele a teria visto antes de sair, para verificar se ela ainda dormia e então, desceu sem perturbá-la; eram bastante amorosos um com outro a ponto de ela se arrepender de ter perdido a hora pela manhã.

Tocou o sino e perguntou se o Sr. Ashby já havia saído. — Sim, já faz quase uma hora — respondeu a empregada. Ele deu ordens para que a Sra. Ashby não fosse incomodada e que as crianças não a perturbassem até que fossem chamadas diretamente... Ele tinha ido pessoalmente ao quarto das crianças para dar tais estipulações. Tudo parecia bastante normal; e Charlotte não soube bem a razão de perguntar: — E o Sr. Ashby não deixou mais nenhum recado?

— Sim — disse a criada —, deixou. — Ela lamentava ter esquecido de mencionar. — Assim que estava saindo, ele pediu que dissesse à Sra. Ashby que iria cuidar da viagem e para que ela, por favor, ficasse pronta para embarcar amanhã.

Charlotte repetiu o "amanhã" da mulher e ficou olhando para ela, incrédula. — Amanhã... tem certeza de que ele disse que viajaremos amanhã?

— Tenho, senhora. Foi um lapso ter me esquecido de mencionar.

— Está bem, não importa. Prepare meu banho, por favor. — Charlotte levantou-se num salto, correu para o seu closet e se pegou cantando enquanto olhava sua imagem no espelho e penteava os cabelos. Sentiu-se bem e revigorada por ter conquistado tal vitória. Era como se a outra mulher tivesse desaparecido num ponto do horizonte, enquanto esta mulher, que dominava o primeiro plano, sorria de volta para o reflexo de seus lábios e olhos. Ele a amava, então — ele a amava tão apaixonadamente como sempre a amou. Ele havia entendido o quanto ela sofrera, havia compreendido que a felicidade deles dependia de viajarem imediatamente e se encontrarem novamente depois da busca desesperada e nebulosa da noite anterior. A força da influência que havia se interposto entre eles já não importava mais para Charlotte; ela tinha enfrentado o fantasma e o feito desaparecer. "Coragem — esse é o segredo! Se ao menos as pessoas apaixonadas não tivessem sempre tanto medo de arriscar sua felicidade olhando-a nos olhos." Enquanto ela penteava seus cabelos claros e fartos, eles ondulavam eletricamente acima de sua cabeça, como as palmas da vitória. Sim, era isso, algumas mulheres sabiam lidar com os homens, e outras não — e só as belas — parafraseou com ar contente — mereciam a coragem! Tinha certeza de que estava muito bonita.

A manhã dançava como uma concha num mar brilhante — um mar que em breve os dois atravessariam. Ela pediu um jantar especial, certificou-se dos trabalhos escolares das crianças, mandou trazer suas roupas de banho, consultou a criada sobre como lavar as roupas de verão — porque, evidentemente, eles iriam em busca de calor e sol — pensou até se não deveria tirar os ternos de flanela de Kenneth da cânfora. "Mas que disparate", refletiu, "eu ainda nem sei para onde vamos!" Olhou para o relógio, viu que era quase meio-dia e decidiu ligar para o escritório dele. A ligação demorou um pouco a ser atendida; então a secretária disse que o Sr. Ashby havia chegado um pouco mais cedo e saído quase imediatamente... Está certo; Charlotte ligaria mais tarde. Em quanto tempo ele voltaria? Isso a secretária não sabia dizer; tudo o que sabiam no escritório era que, ao sair, ele havia dito que estava com pressa porque precisava ir a outra cidade. Outra cidade! Charlotte desligou o telefone e ficou sentada, olhando fixamente para a nova apreensão. Por que ele tinha ido para outra cidade? E para que cidade ele tinha ido? E de todos os dias, por que escolheria a véspera da súbita viagem que fariam? Ela sentiu um leve calafrio de angústia. É claro que ele tinha ido ver a tal mulher — certamente para obter sua permissão para viajar. Ele estava completamente preso a ela; e Charlotte tinha sido ingênua o suficiente para ver os louros da vitória em sua cabeça. Ela deu uma gargalhada e, atravessando a sala, sentou-se novamente diante do espelho. Que rosto diferente ela viu! O sorriso em seus lábios pálidos parecia zombar da visão rosada de uma outra Charlotte. Aos poucos sua cor voltou. Afinal, ela tinha o direito de reivindicar a vitória, já que seu marido estava fazendo o que ela queria, não o que a outra mulher exigia dele. Era natural, em vista de sua decisão abrupta de partir no dia seguinte, que ele tivesse arranjos a fazer, assuntos de negócios a resolver; não precisava, assim, presumir que ele tivesse ido encontrar a remetente das cartas. Talvez tivesse ido simplesmente visitar um cliente que morava em outra cidade. É claro que no escritório não informariam isso a Charlotte; a secretária havia hesitado antes de dar informações tão vagas sobre a ausência do Sr. Ashby. Enquanto isso, ela daria continuidade aos seus festivos preparativos, contente em saber mais tarde para qual exultante ilha particular ela seria levada.

As horas mais que se passaram, avançaram em uma onda de planos felizes. Charlotte foi despertada dos seus preparativos com a entrada da criada que veio fechar as cortinas, e ela, então, viu, para sua surpresa, que o relógio marcava cinco horas. E ela ainda não sabia para onde iriam no dia seguinte! Telefonou para o escritório do marido e foi informada de que o Sr. Ashby não tinha voltado desde o início da manhã. Perguntou pelo sócio dele, mas ele não pôde informar nada além, pois ele, que tomava o trem suburbano atrasado, havia chegado ao escritório depois de Ashby que, por sua vez, já havia chegado e saído. Perplexa, Charlotte decidiu telefonar para a sogra. É claro que Kenneth, prestes a se ausentar por um mês, devia ter ido encontrar a mãe. O simples fato de ter que deixar as crianças — apesar de suas vagas objeções — com a Sra. Ashby evidenciava que teria assuntos a tratar com ela. Em outras circunstâncias, Charlotte poderia ter se sentido magoada por ser excluída da reunião, mas naquele momento nada importava, exceto que ela havia triunfado, e que seu marido ainda era dela e não de outra mulher. Bem-disposta, ligou para a Sra. Ashby e, ouvindo sua voz amorosa, perguntou: — E então, as notícias de Kenneth a surpreenderam? O que você acha da nossa fuga para uma pequena lua de mel?

Antes que a Sra. Ashby pudesse responder, Charlotte soube quase instantaneamente qual seria sua resposta. A Sra. Ashby não tinha visto o filho, não havia recebido notícias dele, ficando confusa com o que a nora estava dizendo. Charlotte permaneceu muda, na intensidade de sua surpresa. "Mas então, para onde ele foi?", pensou ela. Recuperando a compostura, explicou a decisão repentina à Sra. Ashby e, ao fazê-lo, foi ganhando, aos poucos, a autoconfiança e a convicção de que nada jamais poderia se interpor entre ela e Kenneth. A Sra. Ashby acolheu a preocupação com calma e concordância. Ela também achava que Kenneth aparentava estar preocupado e cansado demais, e concordava com a nora que, nesses casos, a mudança de ar era o melhor remédio. — Fico sempre tão feliz quando ele viaja. Elsie detestava viajar; estava sempre encontrando pretextos para impedi-lo de ir a qualquer lugar. Com você, graças a Deus, é diferente. — A Sra. Ashby não se surpreendeu por ele não ter tido tempo de avisá-la de sua saída. Ele devia estar com pressa desde o momento em que tomou a decisão; sem dúvida, porém, apareceria antes do jantar. Cinco minutos de conversa era tudo de que precisavam. — Espero que você ajude Kenneth pouco a pouco a superar esse hábito de ficar remoendo uma questão que poderia ser resolvida com uma dúzia de palavras. Esse nunca foi o feitio dele, e se levasse esse hábito para o campo profissional, logo perderia todos os seus clientes... Sim, venha, sim, querida, se tiver tempo; sem dúvida ele aparecerá enquanto você estiver aqui. — A voz da Sra. Ashby era um tônico e ecoou de forma tranquilizadora no quarto silencioso enquanto Charlotte continuava seus preparativos.

Por volta das sete, o telefone tocou e ela correu para atendê-lo. Agora ela saberia! Mas era apenas da secretária preocupada em informar que o Sr. Ashby não havia retornado nem enviado qualquer mensagem, e antes que o escritório fechasse, ela achou que deveria avisar a Sra. Ashby. — Ah, tudo bem. Muito obrigada! — Charlotte fingiu leveza e desligou o telefone com a mão trêmula. Mas talvez a essa altura, refletiu ela, ele já estivesse na casa da mãe. Ela fechou as gavetas e armários, colocou o chapéu, o casaco e avisou à babá que sairia por um minuto para ver a avó das crianças.

A Sra. Ashby morava perto, e durante sua breve caminhada pelo fresco crepúsculo da primavera, Charlotte imaginou que cada figura que se aproximava era do marido. Mas não o encontrou no caminho e, ao chegar na casa da sogra, encontrou-a sozinha. Kenneth não estava lá e nem tinha telefonado. A Sra. Ashby estava sentada perto da lareira brilhante, suas agulhas de tricô reluzindo constantemente através de suas mãos envelhecidas e ativas, e sua mera presença física tranquilizava Charlotte. Sim, era certamente estranho que Kenneth tivesse se ausentado o dia todo sem avisar a ninguém; mas, afinal, era de se esperar. Um advogado ocupado tinha tantos assuntos em mãos que qualquer mudança repentina de planos o obrigaria a fazer todo tipo de arranjos e ajustes imprevistos. Talvez tivesse ido visitar algum cliente nos subúrbios e ficado preso lá; sua mãe se lembrava de ele dizer como estava sobrecarregado de assuntos jurídicos de um velho recluso muito esquisito em algum lugar de Nova Jersey, que era imensamente rico, mas não o suficiente para ter um telefone. Muito provavelmente Kenneth tinha ficado preso ali.

No entanto, Charlotte sentiu o nervosismo tomar conta dela. Quando a Sra. Ashby perguntou a que horas iriam no dia seguinte e ela foi obrigada a dizer que não sabia — que Kenneth simplesmente havia lhe mandado avisar que pegaria as passagens —, pronunciar aquelas palavras a fez perceber mais uma vez a estranheza da situação. A própria Sra. Ashby admitiu que eram circunstâncias estranhas; mas imediatamente acrescentou que isso só demonstrava a pressa que ele estava.

— Mas, mãe[1], são quase oito horas! Ele certamente tem consciência de que eu preciso saber para onde vamos amanhã.

1 É comum, em países como Estados Unidos e Inglaterra, noras ou genros chamarem suas sogras de mãe.

— Ah, o barco provavelmente só parte à noite. Às vezes, eles têm que esperar até a meia-noite por causa da maré. Kenneth com certeza está considerando isso. Ele é muito sensato.

Charlotte se levantou. — Não é isso. Aconteceu alguma coisa.

A Sra. Ashby tirou os óculos e enrolou o tricô. — Se você começar a permitir que a imaginação...

— Você não está ansiosa?

— Eu não fico ansiosa a não ser que seja preciso. Gostaria que você ficasse para jantar, minha querida. Você janta comigo? Ele certamente passará por aqui ao voltar para casa.

Charlotte ligou para casa. Não, disse a empregada, o Sr. Ashby não havia chegado e nem telefonado. Ela avisaria a ele assim que chegasse que a sua esposa estava jantando na casa de sua mãe. Charlotte foi com a sogra até a sala de jantar e sentou-se com a garganta seca diante do prato vazio, enquanto a anfitriã preparava com calma e tranquilidade uma refeição leve, mas cuidadosamente elaborada. — É melhor você comer alguma coisa, minha querida, ou vai ficar tão mal quanto Kenneth... Sim, um pouco mais de aspargos, por favor, Jane.

Ela insistiu para que Charlotte bebesse uma taça de xerez e comesse uma torrada; depois, voltaram para a sala de estar, onde a lareira havia sido acesa e as almofadas da poltrona da Sra. Ashby, sacudidas e alisadas. Tudo parecia seguro e familiar; e lá fora, em algum lugar na incerteza e no mistério da noite, espreitava a resposta para as conjecturas das duas mulheres, como uma figura indistinguível rondando a soleira da porta.

Finalmente, Charlotte se levantou e disse: — É melhor eu voltar. A esta hora, Kenneth certamente irá direto para casa.

A Sra. Ashby sorriu com pena. — Não é tão tarde, minha querida. Não leva tanto tempo para dois pardais jantarem.

— Já passa das nove. — Charlotte se abaixou para beijá-la. — A verdade é que não consigo ficar parada.

A Sra. Ashby soltou o tricô para o lado, apoiou as duas mãos nos braços da cadeira e, firmando-se para se levantar, anunciou. — Vou com você.

Charlotte reivindicou que era tarde demais, que não era necessário, que ela ligaria para avisar assim que Kenneth chegasse, mas a Sra. Ashby já havia chamado a criada. Ela mancava um pouco e ficou de pé, apoiada em sua bengala, enquanto seus xales eram trazidos. — Se o Sr. Kenneth aparecer, diga a ele que me encontrará na casa dele — instruiu a criada enquanto as duas mulheres entraram no táxi que havia sido chamado. Durante o curto trajeto, Charlotte agradeceu pela companhia para voltar para casa. Havia algo caloroso e sólido na simples proximidade da Sra. Ashby, algo que correspondia à clareza de seus olhos e à textura de sua pele firme e fresca. Quando o táxi parou, ela segurou a mão de Charlotte, encorajando-a. — Você vai ver; ele terá deixado um recado.

Charlotte tocou a campainha, a porta se abriu e as duas entraram. O coração de Charlotte batia acelerado; a agitação da confiança da sogra começava a correr por suas veias.

— Você vai ver — você vai ver — repetiu a Sra. Ashby.

A empregada que abriu a porta disse que não, que o Sr. Ashby não havia chegado e que não, não havia nenhum recado dele.

— Tem certeza de que o telefone não está estragado? — a mãe dele levantou a hipótese; e a empregada respondeu que meia hora atrás certamente não estava; mas que ela, em todo caso, ligaria para se certificar. Ela saiu, e Charlotte se virou para tirar o chapéu e a capa. Ao fazê-lo, seus olhos se fixaram na mesa do corredor, onde havia um envelope cinza com o nome do marido levemente traçado. — Oh! — ela gritou, subitamente se dando conta de que, pela primeira vez em meses, havia entrado em casa sem se perguntar se uma das cartas cinza estaria lá.

— O que foi, minha querida? — perguntou a Sra. Ashby com um olhar surpreso.

Charlotte não respondeu. Pegou o envelope e ficou olhando para ele como se pudesse forçar seu olhar a penetrar o que havia dentro. Então, uma ideia lhe ocorreu: ela se virou e estendeu o envelope para a sogra.

— Você conhece essa letra? — perguntou.

A Sra. Ashby pegou a carta. Teve que tatear com a outra mão em busca dos óculos e, depois de ajustá-los, levantou o envelope em direção à luz. — Por quê? — exclamou; e então parou. Charlotte notou que a carta tremia em sua mão normalmente firme. — Mas isto é endereçado a Kenneth — disse a Sra. Ashby por fim, em voz baixa. Seu tom parecia implicar que ela achava a pergunta da nora um tanto quanto indiscreta.

— Sim, mas não importa — disse Charlotte com repentina decisão. — Eu quero saber — você conhece a letra?

A Sra. Ashby devolveu a carta. — Não — disse ela categoricamente.

As duas mulheres entraram na biblioteca. Charlotte acendeu a luz e fechou a porta. Ela ainda segurava o envelope na mão.

— Vou abri-lo — anunciou.

Ela percebeu o olhar assustado da sogra. — Mas, querida... uma carta que não lhe seja endereçada? Minha querida, você não tem o direito!

— Como se eu me importasse com isso... neste momento! — Ela continuou a olhar fixamente para a Sra. Ashby. — Esta carta pode me dizer onde Kenneth está.

O rubor brilhante da Sra. Ashby foi apagado por uma palidez repentina; seu rosto firme parecia encolher e murchar. — Por quê? O que a faz acreditar nisso... Não pode ser possível...

Charlotte fixou os olhos naquele rosto alterado. — Então você reconhece a letra? — ela retrucou.

— Reconhecer a letra? Como seria possível? Com tantas cartas que meu filho recebe... O que eu sei é... — A Sra. Ashby parou e olhou para a nora suplicante, quase timidamente.

Charlotte a segurou pelo pulso. — Mãe! O que a senhora sabe? Me diga! Preciso saber!

— O que eu sei é que não é bom uma mulher abrir as cartas do marido pelas costas dele.

Aquelas palavras tão insossas quanto uma frase retirada de um livro de axiomas morais irritaram Charlotte. Ela riu impacientemente e soltou o pulso da sogra. — É isso? Nada associado a essas cartas é bom, estando seus envelopes abertos ou não. Eu sei muito bem disso. Mas, aconteça o que acontecer, pretendo descobrir o que há nesta. — Suas mãos, que antes tremiam enquanto seguravam o envelope, estavam agora firmes, assim como sua voz. Ela ainda olhava fixamente para a Sra. Ashby. — Esta é a nona carta endereçada pela mesma letra que chega para Kenneth desde que nos casamos. Sempre os mesmos envelopes em tom cinza. Tenho contado cada um deles porque, depois que cada um chega, a aparência dele é de um homem que sofreu um choque terrível. Leva horas para se recompor do efeito. Eu já disse isso a ele. Eu disse que preciso saber de quem vêm as cartas, porque vejo que o estão matando. Ele não responde às minhas perguntas; diz que não pode me contar nada sobre elas; mas ontem à noite prometeu ir viajar — para fugir delas.

A Sra. Ashby, com passos trêmulos, foi até uma das poltronas e sentou-se, com a cabeça inclinada para a frente sobre o peito. — Ah — murmurou.

— Então agora você compreende...

— Ele lhe disse que era para fugir das cartas?

— Sim, para fugir — para fugir. Ele estava soluçando tanto que mal conseguia falar. Mas eu disse a ele que sabia que era por isso.

— E o que ele disse?

— Ele me abraçou e disse que iria para onde eu quisesse.

— Ah, graças a Deus! — disse a Sra. Ashby. Houve um silêncio, durante o qual ela continuou sentada com a cabeça baixa e os olhos desviados da nora. Finalmente, ela olhou para cima e falou: — Tem certeza de que foram nove envelopes?

— Perfeitamente. Este é o nono. Eu contei.

— E ele se recusou terminantemente a explicar?

— Exatamente.

A Sra. Ashby falou com os lábios pálidos e contraídos. "Quando os envelopes começaram a chegar? Você se lembra?"

Charlotte riu novamente. — Se me lembro, o primeiro chegou quando voltamos da lua de mel.

— Desde então? — A Sra. Ashby levantou a cabeça e falou com uma repentina energia. — Então... Sim, abra.

As palavras foram tão inesperadas que Charlotte sentiu o sangue nas têmporas, e suas mãos começaram a tremer novamente. Ela tentou enfiar o dedo sob a aba do envelope, mas estava tão preso que ela teve que procurar na escrivaninha do marido o abridor de cartas de marfim. Enquanto empurrava os objetos familiares que as próprias mãos dele haviam tocado tão recentemente, emanava deles um frio glacial de algo que pertencera a alguém recém-falecido. No silêncio profundo do cômodo, o rasgar do papel enquanto ela cortava o envelope soava como um grito humano. Ela tirou a folha e a levou até o abajur.

— E então? — perguntou a Sra. Ashby, baixinho.

Charlotte não se moveu nem respondeu. Ela estava curvada sobre a página com as sobrancelhas franzidas, segurando a folha cada vez mais perto da luz. Sua visão devia estar turva, ou então ofuscada pelo reflexo da luz do abajur na superfície lisa do papel, pois, por mais que esforçasse os olhos, só conseguia discernir alguns traços tênues, tão tênues e trêmulos que eram quase indecifráveis.

— Não consigo entender — disse ela.

— Como assim, querida?

— A letra está muito indistinta... Espere.

Ela voltou para a mesa e, sentando-se perto da luminária de Kenneth, colocou a carta sob uma lupa. Durante todo esse tempo, ela sabia que sua sogra a observava atentamente.

— E então? — sussurrou a Sra. Ashby.

— Não adianta. Não consigo ler.

— Você quer dizer que o papel está completamente em

branco?

— Não, não exatamente. Há algo escrito. Consigo distinguir algo como "meu" — ah, e "venha". Pode ser "venha".

A Sra. Ashby se levantou abruptamente. Seu rosto estava ainda mais pálido do que antes. Ela avançou até a mesa e, apoiando as duas mãos, respirou fundo. — "Deixe-me ver", disse ela, como se estivesse se forçando a fazer um esforço odioso.

Charlotte sentiu o contágio do seu desconforto. "Ela sabe", pensou. Empurrou a carta para o outro lado da mesa. Sua sogra abaixou a cabeça sobre ela em silêncio, mas sem tocá-la com as mãos pálidas e enrugadas.

Charlotte ficou observando-a, assim como ela mesma, ao tentar ler a carta, fora observada pela Sra. Ashby. Ela procurou os óculos, levou-os aos olhos e inclinou-se ainda mais para a página aberta e parecia, de alguma forma, evitar tocá-la. A luz da lâmpada incidia diretamente sobre seu rosto envelhecido, e Charlotte refletiu sobre as profundezas do desconhecido que podem se esconder sob os traços mais claros e sinceros. Ela nunca tinha visto a sogra expressar emoções que não fossem simples e sensatas — cordialidade, divertimento, uma simpatia gentil; de vez em quando, um lampejo de raiva contida. Agora, pareciam exibir uma expressão de medo e ódio, de consternação incrédula e uma rebeldia um pouco temida. Era como se os espíritos em guerra dentro dela tivessem distorcido seu rosto para se parecerem com eles. Por fim, ela ergueu a cabeça. — Eu não consigo... eu não consigo — disse ela com uma voz de angústia desamparada.

— Você também não consegue ler?

Ela balançou a cabeça, e Charlotte viu duas lágrimas rolarem pelo seu rosto.

— Você conhece bem essa letra? — insistiu Charlotte, com os lábios trêmulos.

A Sra. Ashby recusou a provocação. — Não consigo ler nada — nada.

— Mas você conhece a letra?

A Sra. Ashby ergueu a cabeça timidamente; seus olhos ansiosos percorreram com um olhar de apreensão o cômodo silencioso e familiar. — Como posso saber? Fiquei assustada quando vi...

— Assustada com a semelhança?

— Bem, eu pensei...

— É melhor você dizer, mãe! Você soube imediatamente que a letra era dela?

— Calma, minha querida — calma.

— Calma por quê?

A Sra. Ashby ergueu os olhos; seus olhos, passando lentamente por Charlotte, se voltaram para a parede vazia atrás da escrivaninha do filho.

Charlotte, acompanhando o olhar, soltou uma gargalhada aguda de acusação. — Não preciso mais ter calma! Você respondeu! Está olhando diretamente para a parede onde o quadro dela costumava ficar pendurado!

A Sra. Ashby levantou a mão com um murmúrio de advertência. — Shhh.

— Não precisa achar que algo mais possa me assustar! — gritou Charlotte.

Sua sogra ainda estava encostada na mesa. Seus lábios se moviam lamentosamente. — Mas nós estamos ficando loucas — nós duas estamos ficando loucas. Nós duas sabemos que essas coisas são impossíveis.

Sua nora a encarou com um olhar de pena. — Há muito eu imaginava que isso fosse possível.

— Até isso?

— Sim, até isso.

— Mas e esta carta... afinal de contas, não há nada nesta carta –.

— Talvez para ele. Como saber? Lembro-me de ele me dizer uma vez que, quando conhecemos bem uma letra, o menor traço dela se tornaria legível. Agora entendo o que ele queria dizer. Ele conhecia bem a letra.

— Mas o pouco que se consegue distinguir é tão apagado. Ninguém conseguiria ler aquela carta.

Charlotte riu novamente. — Suponho que em um fantasma tudo seja apagado — disse ela estridentemente.

— Oh, minha filha — minha filha — não diga isso!

— Por que não dizer isso, se até as paredes nuas gritam? Que diferença faz se as cartas dela são ilegíveis para você e para mim? Se você consegue ver o rosto dela naquela parede em branco, por que ele não conseguiria ler a escrita dela neste papel vazio? Você não vê que ela está em todas as partes desta casa, e mais ainda para ele, já que para todas as outras pessoas ela se tornou invisível? — Charlotte se jogou em uma cadeira e cobriu o rosto com as mãos. Um turbilhão de soluços a sacudiu da cabeça aos pés. Por fim, um toque em seu ombro a fez olhar para cima, e ela viu a sogra curvada sobre ela. O rosto da Sra. Ashby parecia ter ficado ainda menor e mais abatido, mas havia retomado sua aparência calma de sempre. Em meio a toda a sua angústia, Charlotte sentiu o impacto daquele espírito resoluto.

— Amanhã... amanhã. Você vai ver. Haverá alguma explicação amanhã.

Charlotte a interrompeu. — Uma explicação? Quem dará uma explicação? Eu me pergunto.

A Sra. Ashby recuou e se endireitou heroicamente. — O próprio Kenneth dará — falou ela com voz forte. Charlotte ficou muda, e a sogra continuou: — Mas, enquanto isso, precisamos agir; precisamos avisar à polícia. Vamos, sem demora. Devemos fazer de tudo, tudo.

Charlotte se levantou lenta e rigidamente; suas juntas estavam tão doloridas quanto as de uma velha. — Como se pensássemos que ajudaria se fizéssemos alguma coisa, o que quer que seja!

Firmemente, a Sra. Ashby gritou: — Sim! — Charlotte foi até o telefone e o colocou no gancho.[2]

---

2 O título e o fio condutor do conto remetem ao mito grego de Perséfone, filha de Deméter, raptada por Hades e levada ao submundo. Ao comer algumas sementes de romã, Perséfone ficou presa ao mundo dos mortos, obrigada a passar parte do ano com Hades e parte com a mãe na Terra. O episódio simboliza a ligação entre vida e morte, bem como a alternância das estações.

XINGU

I

A Sra. Ballinger era um tipo de senhora que corria em bandos atrás de cultura, como se fosse arriscado buscar conhecimento sozinha. Com essa finalidade, ela fundou o Clube do Almoço, uma associação composta por ela mesma e várias outras caçadoras indomáveis de erudição. O Clube do Almoço, passados três ou quatro invernos de refeições e debates, adquiriu tamanha fama nas cercanias que receber ilustres estranhos se tornou uma de suas funções; consequentemente, um convite foi oportunamente estendido à célebre "Osric Dane", no dia em que chegasse a Hillbridge, para estar presente na próxima reunião.

O encontro seria na casa da Sra. Bellinger. As outras participantes, pelas costas dela, eram unânimes em lamentar sua relutância em ceder o direito de escolha do local em prol da Sra. Plinth, cuja casa era um cenário mais grandioso para entreter celebridades; pois, como observou a Sra. Leveret, havia inclusive uma galeria de quadros à qual recorrer.

A Sra. Plinth não fazia segredo algum ao compartilhar sua opinião. Ela sempre considerou como uma de suas obrigações receber os ilustres convidados do Clube do Almoço. Tinha quase tanto orgulho de suas obrigações quanto de sua galeria de quadros; na verdade, ela gostava de insinuar que uma coisa implicava a outra, e que só uma mulher com seu patrimônio poderia se dar ao luxo de viver com um padrão de vida tão elevado quanto aquele que ela mesma havia estabelecido. Um senso geral de dever, grosso modo, adaptável a vários fins era, em sua opinião, tudo o que a Divina Providência[1] exigia dos menos favorecidos; mas o poder destinado à Sra. Plinth de manter um lacaio, claramente dava a ela o direito de custear outros serviçais de responsabilidades igualmente especializadas. Era ainda mais lamentável que a Sra. Ballinger, cujas obrigações para com a sociedade eram limitadas ao escopo de duas copeiras, tivesse sido tão intransigente no direito de ser a anfitriã de Osric Dane.

A questão sobre a recepção àquela senhora, há um mês, mexia profundamente com as participantes do Clube do Almoço. Não era que se sentissem incapazes à tarefa, mas o senso de oportunidade as fazia cair na doce incerteza de uma dama que pondera as alternativas de um guarda-roupa bem abastecido. Se as participantes subsidiárias como a Sra. Leveret estavam agitadas com a ideia de conversar com a autora de *As Asas da Morte*, inquietação alguma perturbava a consciente adequação das Sras. Plinth, Ballinger e Srta. Van Vluyck. *As Asas da Morte* tinha, de fato, sido escolhido por sugestão da Srta. Van Vluyck, como o assunto de discussão na última reunião do clube, e cada associada tinha sido assim habilitada a expressar sua própria opinião ou apropriar-se do que soasse bem nos comentários das outras.

A Sra. Roby foi a única que se absteve de tirar proveito

1 Doutrina teológica segundo a qual Deus guia e sustenta o curso do universo e da vida humana, intervindo ou permitindo que os acontecimentos ocorram conforme um desígnio superior.

do momento; mas agora era algo abertamente reconhecido que, como membro do Clube do Almoço, a Sra. Roby era um fracasso. — Eis a consequência — como disse a Srta. Van Vluyck — de aceitarmos uma mulher por recomendação de um homem. De volta a Hillbridge depois de uma longa estadia em terras exóticas — as outras senhoras já não se davam o trabalho de lembrar onde — Sra. Roby foi anunciada pelo distinto biólogo, professor Foreland, como a senhora mais agradável que ele já conhecera; e as participantes do Clube do Almoço, impressionadas por um elogio que carregava o peso de um diploma e presumindo precipitadamente que as amizades sociais do professor seguiriam a mesma linha de sua aptidão profissional, aproveitaram a chance de anexar uma associada conhecedora de biologia. Uma desilusão total. Na primeira menção casual da Srta. Van Vluyck ao pterodáctilo, a Sra. Roby, confusa, murmurou: — Eu sei tão pouco sobre o sistema de medição —. E depois da sua própria dolorosa traição de incompetência, ela prudentemente evitou qualquer participação nas ginásticas mentais do clube.

— Aposto que ela o bajulava — resumiu a Srta. Van Vluyck — ou então é o jeito como ela faz seus penteados.

As dimensões da sala de jantar da Srta. Van Vluyck restringiam as associadas do clube a seis; a não participação ativa de alguma afiliada era um sério obstáculo à troca de ideias, e alguma dúvida já havia sido posta de que a Sra. Roby se aproveitasse, por assim dizer, da generosidade intelectual das outras. Esse sentimento cresceu com a descoberta de que ela ainda não havia lido *As Asas da Morte.* Ela confessou ter ouvido falar de Osric Dane; mas esse — por incrível que parecesse — era o conhecimento que tinha da célebre romancista. As senhoras não puderam esconder a surpresa. A Sra. Ballinger, no entanto, cujo orgulho pelo clube era tamanho, fez com que a Sra. Roby fosse vista da melhor forma possível, e gentilmente insinuou que, embora ela não tivesse tido tempo de se familiarizar com *As Asas da Morte*, ela deveria pelo menos estar a par do igualmente notável livro anterior, *O Instante Supremo*.

A Sra. Roby franziu a testa corada num evidente esforço de memória, que resultou num, *oh, sim*, ela tinha visto o livro na casa de seu irmão, quando ela estava com ele no Brasil, e tinha até o levado para ler um dia em uma festa num barco; mas eles começaram a jogar coisas uns nos outros, e o livro foi parar na água, e assim sendo, ela nunca teve a chance –.

A imagem evocada por esta anedota não aumentou o crédito da Sra. Roby no clube, e houve um silêncio sem graça, que foi quebrado pela observação da Sra. Plinth:

— Eu posso compreender que, com todos os seus outros afazeres, você não deve encontrar muito tempo para ler; mas supus que ao menos *As Asas da Morte*, antes da chegada de Osric Dane, você tivesse lido.

A Sra. Roby recebeu esta repreensão com bom humor. Ela pretendia, admitiu, dar uma olhada no livro; mas estava tão absorta em um romance de Trollope[2] que...

— Ninguém lê Trollope hoje em dia — interrompeu a Sra. Ballinger.

A Sra. Roby pareceu aflita. — Ainda estou no início — confessou.

---

2 Anthony Trollope (1815-1882), romancista britânico da era vitoriana, conhecido por suas obras de realismo social e por retratar com profundidade a vida da classe média e da aristocracia inglesa.

— Acha interessante? — perguntou a Sra. Plinth.

— Acho divertido.

— Diversão — disse a Sra. Plinth — dificilmente é o critério para a minha escolha de livros.

— Oh, de fato, *As Asas da Morte* não é divertido — arriscou a Sra. Leveret, que tinha uma maneira de expor sua opinião que era como a de um vendedor solícito com um repertório variado de estilos, caso sua primeira seleção não agradasse.

— E era para ser? — perguntou a Sra. Plinth, que gostava de fazer perguntas que só ela pudesse responder. — Certamente não.

— Certamente não, era isso que eu ia dizer — concordou a Sra. Leveret, rapidamente guardando sua opinião e dando outra. — Era para… para edificar.

A Srta. Van Vluyck ajustou seus óculos como se fosse fazer a condenação de uma sentença. — Eu dificilmente vejo — ela interrompeu — que um livro impregnado do mais amargo pessimismo possa ser considerado edificante, por mais didático que possa ser.

— Eu queria, é claro, ser didática — disse a Sra. Leveret, perturbada pela distinção inesperada entre dois termos que ela supôs serem sinônimos. O prazer da Sra. Leveret no Clube do Almoço era frequentemente estragado por tais surpresas; e sem compreender seu valor perante as outras senhoras como um reflexo da complacência mental delas, às vezes se questionava sobre que valor tinha a sua participação nos debates. Foi apenas o fato de ter uma irmã tonta que a considerava inteligente o que a salvou de um sentimento implacável de inferioridade.

— Eles se casam no final? — a Sra. Roby interveio.

— Eles quem? — o Clube do Almoço questionou em uníssono.

— Ora, a garota e o homem. É um romance, não é? Eu sempre acho que essa é a única coisa que importa. Se eles se separarem, estraga meu jantar.

A Sra. Plinth e a Sra. Ballinger trocaram olhares escandalizados, e a última disse: — Eu não aconselharia você a ler *As Asas da Morte* com esse tipo de atitude. Na minha opinião, me pergunto como alguém pode encontrar tempo para ler livros meramente divertidos quando há tantos outros para ler.

— O bom é — Laura Glyde murmurou — justamente isso, que ninguém consegue dizer como *As Asas da Morte* termina. Osric Dane, tomada pela terrível importância do seu significado, por bem o velou — talvez até para si mesma — como Apeles que, ao representar o sacrifício de Ifigênia, velou o rosto de Agamenon.[3]

— O que é isso? É poesia? — sussurrou a Sra. Leveret para a Sra. Plinth, que, evitando dar uma resposta definitiva, disse friamente: — Você deveria procurar saber. Eu sempre faço questão de pesquisar as coisas. — seu tom subiu. — Embora eu pudesse facilmente mandar que o lacaio fizesse isso para mim.

— Eu estava prestes a dizer — a Srta. Van Vluyck retomou — que devemos sempre questionar o quão instrutivo é um livro, a não ser que seja edificante.

— Ah... — murmurou a Sra. Leveret, agora se sentindo irremediavelmente perdida.

---

3 Segundo a tradição, Apeles (séc. IV a.C.) teria pintado o sacrifício de Ifigênia omitindo o rosto do pai — o rei Agamenon —, embora não haja registros em fontes antigas que confirmem essa versão.

— Não sei — disse a Sra. Ballinger, farejando no tom da Srta. Van Vluyck uma tendência a depreciar a cobiçada distinção de receber Osric Dane. — Não sei se tal questão pode ser tratada de forma séria sobre um livro que atraiu mais atenção entre pessoas exigentes do que qualquer romance desde *Robert Elsmere*[4].

— Ah, mas vocês não se dão conta — exclamou Laura Glyde — que é precisamente a desesperança obscura disso, o maravilhoso esquema de alternância de tons de cinza — que o torna um feito tão artístico? Isso me fez pensar quando vi a *manière noire*[5] do príncipe Rupert... o livro tem gravuras em metal, não pintadas, mas mesmo assim sentimos a intensidade das cores...

— Quem é ele? — sussurrou a Sra. Leveret para sua vizinha. — Alguém que ela conheceu no exterior?

— A parte maravilhosa do livro — admitiu a Sra. Bellinger[6] — é que ele pode ser visto sob variados pontos de vista. Ouvi dizer que, como um estudo do determinismo, o professor Lupton o nivela a *Os dados da ética*[7].

— Soube que Orsic Dane passou dez anos em estudos preparatórios antes de começar a escrevê-lo — comentou a Sra.

4 Romance da inglesa Mary Augusta Ward (1851-1920), narra a crise de fé de um jovem clérigo anglicano diante dos avanços da crítica histórica e científica à religião. Tornou-se um best-seller na época e suscitou intensos debates sobre religião e modernidade na Inglaterra vitoriana.

5 Técnica de impressão e desenho originária na França e que se caracteriza pela criação de sombras por meio do uso de meia-tinta de carvão ou grafite.

6 O nome oscila entre Ballinger, Bellinger e Bollinger ao longo do conto. Possivelmente um recurso estilístico utilizado para denotar as características da personagem de acordo com cada situação.

7 Publicado originalmente em 1879 por Herbert Spencer (1820-1903).

Plinth. — Ela averigua tudo — verifica cada coisa. Esse também sempre foi o meu princípio, como sabem. Nada me induz, pois, a deixar de lado uma leitura antes que eu a termine, só porque posso comprar quantos livros eu quiser.

— E o que acharam de *As Asas da Morte*? A Sra. Roby perguntou secamente.

Era o tipo de pergunta que poderia ser percebida como inadequada, e as senhoras se entreolharam em cumplicidade contra tal quebra de conduta.

Elas sabiam que não havia nada que a Sra. Plinth detestasse mais do que ser questionada sobre a sua opinião sobre um livro.

Livros foram escritos para serem lidos; uma vez lidos, o que mais se pode esperar deles? Ser questionada sobre os pormenores do conteúdo de um título era para ela tão ultrajante quanto ser acusada de contrabandear rendas na alfândega.

O clube sempre respeitou as idiossincrasias da Sra. Plinth. Suas opiniões eram impositivas e substanciais. Sua mente, como sua casa, era decorada com "peças" monumentais que não deveriam ser mudadas de lugar; e foi uma das regras informais do Clube do Almoço que, dentro do seu próprio espaço, a forma de pensar de cada participante deveria ser respeitada.

Ao fim da reunião, foi uma sensação comum às outras senhoras, uma crescente intuição de que a Sra. Roby estava obviamente inapta a ser uma das participantes.

II

No dia D, a Sra. Leveret chegou cedo à casa da Sra. Ballinger, com seu volume de Alusões Adequadas[8] na bolsa.

---

8 Obra fictícia inserida de forma satírica.

A Sra. Leveret ficava sempre muito aflita de chegar atrasada ao Clube do Almoço: gostava de organizar as ideias enquanto as outras participantes chegavam e ficar atenta a alguma dica do rumo que a reunião tomaria. Naquele dia, no entanto, ela se sentiu completamente perdida; e mesmo conhecendo tão bem Alusões Adequadas, que ela colocou no seu colo quando se sentou, não conseguiu que isso lhe trouxesse nenhuma tranquilidade. Aquilo era um admirável pequeno livro, compilado para atender a todas as emergências sociais; fossem ocasiões de datas alegres ou melancólicas (conforme a classificação), de banquetes, sociais ou municipais, ou de batizados, da Igreja Anglicana ou de outras seitas. O leitor do livro nunca ficaria sem alguma referência importante. Embora a Sra. Leveret tivesse lido atentamente suas páginas por anos e anos, ela o valorizava mais pelo seu apoio moral do que por sua utilidade prática; pois embora na privacidade da sua própria casa ela comandasse um exército de alusões, estas invariavelmente a deixavam na mão nos momentos críticos, e o único trecho que ela memorizava — Você pode extrair o leviatã com um anzol? — era precisamente o único que ela não encontrava ocasião para utilizar.

Nesse dia, sentiu que mesmo o domínio completo do volume dificilmente teria garantido a ela seu autocontrole, já que achava provável que, mesmo se ela se lembrasse, por milagre, de alguma citação, isso serviria só para descobrir que Osric Dane usava um volume diferente (a Sra. Leveret estava convencida de que os literatos sempre carregavam um exemplar consigo e, consequentemente, não reconheceriam suas citações).

A sensação da Sra. Leveret de estar à deriva foi intensificada quando a Sra. Ballinger apareceu na sala de estar. Num primeiro momento, ela parecia inalterada; mas quem conhecia bem a forma com a qual a Sra. Ballinger organizava seus livros teria detectado imediatamente as marcas de afetação. Como membro do Clube do Almoço, o interesse da Sra. Ballinger era o Livro do Dia. Fosse um romance ou um tratado sobre psicologia experimental, ela mostrava total segurança e autoridade sobre o tema. O que teria acontecido com os livros do ano passado, ou mesmo da semana passada; para onde foram os "assuntos" que ela mesma havia professado anteriormente com igual autoridade, ninguém jamais havia descoberto. Sua mente era um hotel onde os fatos iam e vinham como hóspedes temporários, sem deixar gravados os endereços e que frequentemente saíam sem pagar. A Sra. Ballinger se orgulhava de estar "inteirada com o Pensamento do Dia" e se gabava de estar à frente, algo evidenciado pelos livros em cima de sua mesa. Esses volumes, frequentemente renovados e quase sempre frescos da gráfica, traziam nomes geralmente desconhecidos para a Sra. Leveret, e lhe davam, enquanto os examinava furtivamente, um vislumbre desanimador dos novos campos de conhecimento a serem percorridos sem qualquer fôlego no rabo da esteira da Sra. Ballinger. Mas, nesse dia, vários volumes mais manuseados estavam habilmente misturados aos lançamentos — Karl Marx lutando por espaço com professor Bergson, e as *Confissões de Santo Agostinho* ao lado da última obra sobre "Mendelismo"; e mesmo que a Sra. Leveret observasse aquilo de forma apreensiva, estava claro que a Sra. Ballinger não tinha a menor ideia sobre o que Osric Dane poderia falar e estava munida e preparada para o que desse e viesse. A Sra. Leveret se sentiu como uma passageira em um navio transatlântico, a quem foi assegurado que não havia perigo na viagem, mas que, por via das dúvidas, era melhor que colocasse o colete salva-vidas.

Sentiu-se aliviada quando foi despertada desses pressentimentos com a chegada da Srta. Van Vluyck.

— Muito bem, minha querida — a recém-chegada perguntou diretamente à sua anfitriã —, que assuntos discutiremos hoje?

A Sra. Ballinger estava furtivamente substituindo um volume de Wordsworth[9] por uma cópia de Verlaine[10]. — E eu sei? — ela disse, um tanto nervosa. — Talvez seja melhor deixarmos isso para as circunstâncias.

— Circunstâncias? — retrucou a Srta. Van Vluyck secamente. — Isso significa, suponho, que Laura Glyde tomará a palavra como sempre o faz, e seremos inundadas com assuntos literários.

Filantropia e estatística eram a especialidade da Srta. Van Vluyck, e ela se ressentiria de qualquer movimento que desviasse desses tópicos a atenção da sua convidada.

Nesse momento, a Sra. Plinth apareceu.

— Literatura? — ela protestou em tom de repreensão. — Mas isso é completamente inesperado. Eu entendi que deveríamos falar do romance de Osric Dane.

A Sra. Ballinger estremeceu diante da discriminação, mas deixou passar. — Dificilmente poderemos fazer disso nos-

---

9 William Wordsworth (1770-1850), um dos mais importantes poetas do romantismo inglês.

10 Paul Verlaine (1844-1896), um dos maiores poetas do simbolismo francês, notabilizado por sua musicalidade, melancolia e estilo impressionista.

so assunto principal — pelo menos não de forma tão direta — ela sugeriu. — Claro que podemos deixar nossa conversa fluir nessa direção; mas deveríamos ter algum outro tópico como introdução, e é sobre isso que eu queria consultá-las. O fato de sabermos tão pouco sobre os gostos e interesses de Osric Dane torna muito difícil uma preparação específica.

— Pode até ser difícil — respondeu a Sra. Plinth de forma decisiva —, mas é necessário. Eu sei onde vamos parar com esse estilo mais espontâneo. Como eu disse a uma das minhas sobrinhas outro dia, há certas emergências para as quais uma dama deve estar sempre preparada. É de mau gosto usar cores vivas quando se faz uma visita de condolências, ou um vestido do ano anterior quando há relatos de que o marido está com problemas financeiros; e o mesmo acontece com a conversa. Tudo o que peço é que eu saiba de antemão sobre o que será falado; então, me sentirei capaz de dizer a coisa certa.

— Estou totalmente de acordo — a Sra. Ballinger concordou — mas –.

E naquele instante, anunciada pela copeira alvoroçada, Osric Dane apareceu na porta.

A Sra. Leveret contou à irmã depois que ela sabia o que estava por acontecer. Ela viu que Osric Dane não faria concessões. Aquela distinta personagem tinha, de fato, chegado carregando uma força não deliberada para promover o simples exercício da hospitalidade. Ela parecia estar prestes a ser fotografada para uma nova edição de seus livros.

O desejo de agradar uma divindade é em geral proporcionalmente inverso à sua receptividade, e a sensação de desânimo produzida pela chegada de Osric Dane aumentou visivelmente a angústia do Clube do Almoço em agradá-la. Qualquer vaga ideia de que ela pudesse se sentir sob obrigação para com suas anfitriãs foi imediatamente dissipada por sua atitude: como a Sra. Leveret contou depois a sua irmã, ela tinha um jeito de olhar que fazia você se sentir como se tivesse algo de errado com o seu chapéu. Essa soberba evidente passou uma impressão tão imediata nas senhoras que, enquanto a Sra. Roby conduzia tal celebridade para a sala de jantar, um arrepio de espanto percorreu-as quando a anfitriã virou-se para sussurrar para as outras: — Que intratável ela é!

A hora em volta da mesa não tendeu a reverter esse veredito. Foi passada com Osric Dane deglutindo silenciosamente o menu da Sra. Bollinger, e com as participantes do clube emitindo bobagens duvidosas que a convidada parecia engolir com a mesma indiferença que os sucessivos pratos do almoço.

A relutância da Sra. Ballinger em determinar um tópico havia jogado o clube em uma desordem mental que acabou aumentando quando voltaram à sala de estar, onde a discussão, em si, seria aberta. Cada senhora esperou que a outra falasse; e houve um espanto geral de decepção quando a anfitriã deu início à conversa perguntando de forma surpreendentemente trivial. — É a primeira vez que a senhora vem a Hillbridge?

Até mesmo a Sra. Leveret sabia que esse tinha sido um mau começo; e num leve impulso de menosprezo a Srta. Glyde interrompeu: — É uma cidade pequenina, de fato.

A Sra. Plinth se irritou. — Temos muitas pessoas representativas — disse ela, no tom de quem fala com autoridade.

Osric Dane virou-se para ela. — O que essas pessoas representam? — quis saber.

O horror insuspeito da Sra. Plinth por ser questionada se intensificou com sua sensação de despreparo; e com um semblante de reprovação passou a pergunta para a Sra. Ballinger.

— Ora — disse a Sra. Ballinger, olhando por sua vez para as outras participantes —, como uma comunidade, espero que não soe excessivo dizer que defendemos a cultura.

— A arte... — interrompeu a Srta. Glyde.

— A arte e a literatura — emendou a Sra. Ballinger.

— E a sociologia, é evidente — replicou a Srta. Van Vluyck.

— Temos um alto nível — disse a Sra. Plinth, sentindo-se subitamente segura na vasta extensão da generalização; e a Sra. Leveret, acreditando haver espaço para mais de uma opinião em uma declaração tão ampla, tomou coragem para murmurar: — Ah, certamente; temos um alto nível.

— O objetivo do nosso pequeno clube — continuou a Sra. Ballinger — é concentrar as tendências que estão em alta em Hillbridge; centralizar e focar o esforço intelectual.

Tal fala foi considerada tão providencial que as moças soltaram um suspiro quase audível de alívio.

— Nós aspiramos — continuou a presidente — estar em contato com o que de mais alto nível há na arte, na literatura e na ética.

Osric Dane voltou-se novamente para ela. — Que ética? — quis saber.

Um tremor de apreensão tomou conta da sala. Nenhuma das senhoras tinha qualquer inclinação para se pronunciar sobre uma questão moral; mas quando era chamada de ética, eram outros quinhentos. O clube, depois de consultar a *Encyclopaedia Britannica*, o *Reader's Handbook* ou o *Classical*

Dictionary[11] de Smith, podia lidar com segurança com qualquer assunto; mas quando pego de surpresa, era conhecido por definir o agnosticismo como uma heresia da Igreja Primitiva e o professor Froude[12] como um distinto histologista; e as participantes secundárias como a Sra. Leveret ainda consideravam secretamente a ética como sendo algo vagamente pagão.

Até mesmo para a Sra. Ballinger, a pergunta de Osric Dane era inquietante, e identificou-se um sentimento generalizado de gratidão quando Laura Glyde se inclinou para frente para dizer, com o tom mais simpático possível: — A senhora nos desculpe, Sra. Dane, mas não somos capazes, neste momento, de falar de nada além de *As Asas da Morte.*

— Exato — retrucou a Srta. Van Vluyck, com uma resolução súbita de levar a guerra para o campo inimigo. — Estamos muito ansiosas para saber o propósito exato que a senhora tinha em mente ao escrever seu livro maravilhoso.

— A senhora verá que não somos leitoras ingênuas — a Sra. Plinth interveio.

— Estamos ansiosas para ouvir — continuou a Srta. Van Vluyck — se a inclinação pessimista do livro é um reflexo das suas próprias convicções ou...

— Ou simplesmente — a Srta. Glyde arriscou — um pano

---

11 *Encyclopaedia Britannica*, *Reader's Handbook* e *Smith's Classical Dictionary* eram obras de referência populares entre leitores do período vitoriano. A primeira é uma enciclopédia geral; a segunda, um compêndio de personagens, alusões e temas literários; e a última, um dicionário clássico de nomes e conceitos da Antiguidade.

12 James Anthony Froude foi um historiador britânico, não um estudioso de tecidos biológicos — histologista. A confusão é mais uma ferramenta para evidenciar a falsa erudição do grupo.

de fundo sombrio pincelado para dar um relevo mais vívido às suas figuras. A senhora não é essencialmente plástica?

— Eu sempre afirmei — a Sra. Ballinger interveio — que a senhora representava o método puramente objetivo –.

Osric Dane, séria, se serviu de café. — Como você define objetivo? — ela então indagou.

Houve uma pausa nervosa antes que Laura Glyde murmurasse, eufórica: — Ao ler o seu livro, não definimos, sentimos.

Osric Dane sorriu. — O cerebelo — observou — não é raramente a sede das emoções literárias. — E pegou um segundo torrão de açúcar.

O ressentimento que o comentário conseguiu vagamente esconder foi quase neutralizado pela satisfação de ser abordada em uma linguagem tão técnica.

— Ah, o cerebelo — disse a Srta. Van Vluyck de forma complacente. — O clube fez um curso de psicologia no inverno passado.

— Qual psicologia? — quis saber Osric Dane.

Pairou uma pausa agonizante, durante a qual cada membro do clube secretamente ressentiu a ineficiência angustiante das outras. Apenas a Sra. Roby continuou placidamente a beber seu *chartreuse*[13]. Por fim, a Sra. Ballinger disse, com uma tentativa de elevar o tom: — Pois bem, na realidade, sabe, foi no ano passado que estudamos psicologia, e neste inverno estivemos absortas com –.

Ela parou, nervosa, tentando se lembrar de algumas das discussões do clube; mas suas capacidades pareciam estar paralisadas pelo olhar petrificante de Osric Dane. Com o quê o clube estava mesmo absorto? A Sra. Ballinger, com o propó-

---

13 Licor francês feito à base de ervas.

sito hesitante de ganhar tempo, repetiu lentamente: — Estamos tão intensamente absortas com –.

A Sra. Roby largou seu copo de licor e se aproximou do grupo com um sorriso.

— Com o Xingu? — ela gentilmente incitou.

Uma agitação tomou conta das outras participantes. Elas trocaram olhares confusos e, então, ao mesmo tempo, voltaram olhares misturados de alívio e interrogação para a salvadora. A expressão de cada uma refletia uma fase diferente da mesma agitação. A Sra. Plinth foi a primeira a compor suas feições para um ar de segurança: após um momento para se acalmar, seu olhar quase chegava a sugerir que tivesse sido ela a dar a palavra à Sra. Ballinger.

— Xingu, é claro! — exclamou esta última com sua prontidão habitual, enquanto a Srta. Van Vluyck e Laura Glyde pareciam estar sondando as profundezas da memória, e a Sra. Leveret, apreensiva, tocando seu volume de Alusões Adequadas, foi de alguma forma tranquilizada pelo peso do livro no seu colo.

A mudança de semblante de Osric Dane não foi menos evidente do que a de suas anfitriãs. Ela também pousou sua xícara de café, mas com um olhar de clara irritação; ela também usou, por um breve momento, o que a Sra. Roby depois descreveu como o olhar de quem sente algo beliscar na parte de trás da cabeça; e antes que pudesse dissimular esses sinais momentâneos de fraqueza, a Sra. Roby, virando-se para ela com um sorriso deferente, completou: — E hoje, estávamos muito ansiosas para que a senhora nos dissesse exatamente o que pensa sobre esse tema.

Osric Dane recebeu o sorriso cândido como natural; mas

a pergunta que o acompanhava a deixou obviamente constrangida, e ficou claro para as presentes que ela não era tão rápida em mudar sua expressão facial. Era como se seu semblante tivesse sido fixado há tanto tempo em uma expressão de superioridade incontestável que os músculos se enrijeceram e se recusaram a obedecer a suas ordens.

— Xingu — ela disse, como se buscasse ganhar tempo.

A Sra. Roby continuou a pressioná-la. — Sabendo como o assunto é envolvente, a senhora entenderá a razão pela qual o clube deixou todo o resto de lado. Desde que nos ocupamos de Xingu, eu poderia dizer — não fosse pelos seus livros — que nada mais valeria a dedicação da nossa atenção.

O sorriso incômodo de Osric Dane escureceu seu rosto com uma feição severa. — Fico feliz em saber que você abre uma exceção — ela disse entre lábios semicerrados.

— Ah, claro — respondeu a Sra. Roby de forma amável —, mas como a senhora nos mostrou — com tanta naturalidade! — que não se importa em falar de suas próprias coisas, não podemos, de jeito nenhum, deixar escapar a oportunidade de saber exatamente o que pensa sobre o Xingu — ela acrescentou, com um sorriso ainda mais persuasivo —, já que algumas pessoas disseram que seu livro mais recente estava inundado dele.

Então, era isso — o fogo da confiança se alastrou pelas mentes áridas das outras participantes. Na ânsia de obter a menor pista que fosse sobre o Xingu, elas quase se esqueceram da alegria em contribuir para a derrota da Sra. Dane.

Ela, então, corou nervosamente diante do desafio de sua antagonista. — Posso perguntar — ela gaguejou — a qual dos meus livros você se refere?

A Sra. Roby não vacilou. — É exatamente isso que eu quero que você nos conte; porque, embora eu estivesse presente, não participei.

— Presente onde? — a Sra. Dane quis saber; e por um instante as participantes trêmulas do Clube do Almoço pensaram que a defesa da Providência que havia se levantado por elas tinha perdido seu poder. Mas a Sra. Roby se explicou alegremente: — No debate, é claro. E não nos aguentamos de ansiedade para saber como foi que a senhora esteve às voltas com Xingu.

Houve uma pausa portentosa, um silêncio tão grande com perigos incalculáveis que as participantes fecharam, ao mesmo tempo, suas bocas, como soldados abaixando as armas para assistir a um único duelo entre seus líderes. Então a Sra. Dane expressou seu temor mais profundo, dizendo bruscamente: — Ah — você diz o Xingu, não é?

A Sra. Roby sorriu abertamente. — É um tanto quanto pedante, não é? Pessoalmente, eu sempre deixo o tema de lado; mas não sei como as outras participantes se sentiriam em relação a isso.

As outras afiliadas pareciam dispensar de bom grado o apelo à opinião delas, e a Sra. Roby, depois de um olhar entusiasmado para o grupo, continuou: — Elas provavelmente pensam, como eu, que nada realmente importa, exceto a coisa em si — exceto Xingu.

Nenhuma resposta imediata pareceu ocorrer à Sra. Dane, e a Sra. Ballinger tomou coragem para dizer: — Certamente todos devem sentir isso em relação a Xingu.

A Sra. Plinth saiu em sua defesa com um pesado murmúrio de assentimento, e Laura Glyde suspirou emocionada: —

Soube de casos em que vidas inteiras foram transformadas.

— E me fez muito bem — interrompeu a Sra. Leveret, parecendo se lembrar que tinha estudado ou lido sobre isso no inverno anterior.

— Claro — admitiu a Sra. Roby —, a dificuldade é que isso requer muita dedicação e tempo. Sua extensão é imensa.

— Não consigo imaginar — disse a Srta. Van Vluyck — quem tenha resistência a dar tempo a esse assunto.

— E há partes profundas — prosseguiu a Sra. Roby; (então era um livro!) — E não é fácil pular trechos.

— Eu nunca pulo — disse a Sra. Plinth com ar dogmático.

— Ah, em relação a Xingu isso é mesmo arriscado. Mesmo no início, há lugares onde não se pode pular. É preciso simplesmente seguir o fluxo.

— Eu dificilmente chamaria isso de seguir o fluxo — disse a Sra. Ballinger com um ar sarcástico.

A Sra. Roby lançou-lhe um olhar de interesse. — Ah, você acha que sempre flui muito bem?

A Sra. Ballinger hesitou. — Decerto que há passagens difíceis — admitiu.

— Sim; algumas não são mesmo nem um pouco nítidas — acrescentou a Sra. Roby —, mesmo que se conheça aquilo de cabo a rabo.

— Como suponho que seja o seu caso? — Osric Dane interveio, de repente fixando-a com um olhar desafiador.

A Sra. Roby respondeu com um gesto depreciativo. — Ah, embora algumas das suas ramificações sejam muito pouco exploradas, não é de todo difícil chegar até certo ponto, mas é quase impossível chegar à fonte.

— Você já tentou? — a Sra. Plinth perguntou, ainda desconfiada da meticulosidade da Sra. Roby.

A Sra. Roby ficou em silêncio por um momento; então ela respondeu com as pálpebras baixas: — Não — mas um amigo meu sim; um homem muito brilhante; e foi ele quem me disse que era melhor que as mulheres não se arriscassem...

Um calafrio percorreu a sala. A Sra. Leveret tossiu para que a criada, que estava trazendo os cigarros, não ouvisse; o rosto da Srta. Van Vluyck assumiu uma expressão de repulsa, e a Sra. Plinth tinha uma expressão muito antipática. Mas o resultado mais notável da fala da Sra. Roby foi o efeito que produziu na distinta convidada do Clube do Almoço. As feições impassíveis de Osric Dane de repente suavizaram para uma expressão da mais calorosa simpatia humana, e, empurrando sua cadeira em direção à da Sra. Roby, ela perguntou: — Ele de fato disse isso? E... e você soube se ele estava certo?

Contrariada com a inconveniente proeminência da Sra. Roby, a Sra. Ballinger começava a menosprezar a gratidão pela ajuda que ela havia prestado, e não podia consentir que lhe fosse dada, por meios tão duvidosos, a permissão de monopolizar a atenção de sua convidada. Já que Osric Dane não tinha respeito próprio o suficiente para se ofender com a leviandade da Sra. Roby, pelo menos no Clube do Almoço que a presidente então tivesse essa conduta.

A Sra. Ballinger colocou a mão no braço da Sra. Roby. — Não podemos nos esquecer — ela disse com uma amabilidade calculada — que por mais absorvente que Xingu seja para nós, pode ser menos interessante para –.

— Oh, não, pelo contrário, eu lhe asseguro — Osric Dane interveio.

— ...para os outros — a Sra. Ballinger concluiu firmemente. — E não devemos permitir que nossa pequena reunião termine sem que a Sra. Dane seja persuadida a nos dizer algumas palavras sobre um assunto que, hoje, está muito mais fresco na nossa mente. Refiro-me, é claro, a *As Asas da Morte.*

As outras participantes, animadas em níveis diversos pelo mesmo sentimento e encorajadas pelo semblante humanizado de sua outrora temível convidada, fizeram coro à Sra. Ballinger: — Ah, sim, a senhora precisa mesmo falar um pouco sobre seu livro.

A expressão de Osric Dane tornou-se tão entediada, embora não tão arrogante como quando seu trabalho fora mencionado anteriormente. Mas antes que ela pudesse responder ao pedido da Sra. Ballinger, a Sra. Roby se levantou de seu assento e começou a arrumar o xale diante do seu nariz frívolo.

— Perdoe-me — ela disse, andando em direção à sua anfitriã com a mão estendida —, mas antes que a Sra. Dane comece, acho melhor eu fugir. Infelizmente, como você sabe, não cheguei a ler os livros dela, então estarei em terrível desvantagem em relação a todas vocês e, além disso, me comprometi a ir ao jogo de bridge[14].

Se a Sra. Roby tivesse simplesmente alegado sua ignorância em relação às obras de Osric Dane como a razão para se retirar, o Clube do Almoço, em vista de sua proeza recente, poderia ter aprovado tal discrição; mas juntar essa desculpa ao anúncio descarado de que ela estava abrindo mão do privilégio com o propósito de se juntar a uma partida de bridge era apenas mais um exemplo de sua deplorável falta de ar-

---

14 Jogo de cartas para quatro participantes, muito popular entre membros da elite no final do século XIX e início do XX.

gúcia.

As senhoras se predispuseram, no entanto, a sentir que sua partida — agora que ela havia realizado o único serviço que provavelmente prestaria a elas — provavelmente traria maior ordem e dignidade à discussão iminente, além de aliviá-las da sensação de desconfiança própria que sua presença, misteriosamente, sempre produzia. A Sra. Ballinger se restringiu a um murmúrio formal de desgosto, e as outras afiliadas estavam se reposicionando confortavelmente em volta de Osric Dane quando esta, para o esmorecimento de todas, levantou-se do sofá onde estava sentada.

— Espere — espere, e eu irei com você! — ela gritou para a Sra. Roby; e, apertando as mãos das desconcertadas participantes, ela ofereceu uma série de cumprimentos de despedida com a mesma pressa automática de um condutor ferroviário perfurando bilhetes.

— Sinto muito — me esqueci completamente... — ela rebateu às participantes da porta; e quando se juntou à Sra. Roby, que se virou surpresa com seu apelo, as outras senhoras ficaram horrorizadas ao ouvi-la dizer, num tom de voz que ela não se esforçou para abaixar: — Se me permite caminhar um pouco com você, eu gostaria de fazer mais algumas perguntas sobre o Xingu...

III

O incidente aconteceu com tamanha rapidez que a porta se fechou atrás das duas que partiam antes mesmo que as outras participantes tivessem tempo de entender o que se passava. Então, uma sensação de insulto imposta a elas pela deserção sem cerimônia de Osric Dane começou a competir com o sentimento confuso de que tinham sido enganadas sem saber exatamente como ou por quê.

Pairou um silêncio, durante o qual a Sra. Ballinger, com uma mão firme, reagrupou os livros habilmente posicionados e para os quais sua célebre convidada nem sequer olhou; então a Srta. Van Vluyck pronunciou asperamente: — Bem, não posso dizer que considero a partida de Osric Dane uma grande perda.

Essa confissão cristalizou o ressentimento das outras participantes, e a Sra. Leveret exclamou: — Eu acredito que ela veio para ser deliberadamente desagradável!

Na opinião da Sra. Plinth, a atitude de Osric Dane no Clube do Almoço poderia ter sido outra se ela tivesse sido recebida no majestoso cenário da sala de estar dos Plinth; mas não gostando de refletir sobre a inadequação do estabelecimento da Sra. Ballinger, ela buscou uma satisfação indireta em depreciar a falta de visão da colega.

— Desde o começo eu avisei que deveríamos ter temas preparados. É o que sempre acontece quando não se está pronto. Agora, se tivéssemos trazido à tona o tema Xingu –.

A lentidão dos processos mentais da Sra. Plinth sempre foi tolerada pelo clube; mas para a Sra. Ballinger aquilo tinha passado do ponto.

— Xingu! — ela zombou. — Ora, o que deixou Osric Dane tão furiosa foi o fato de sabermos muito mais sobre isso do que ela — mesmo que despreparadas. Eu achei que isso fosse evidente para todas!

Essa réplica impressionou até mesmo a Sra. Plinth, e Laura Glyde, movida por um impulso de generosidade, disse: —

Sim, realmente deveríamos ser gratas à Sra. Roby por introduzir o tópico. Isso pode até ter deixado Osric Dane furiosa, mas pelo menos a tornou menos ríspida.

— Fico contente que tenhamos sido capazes de mostrar a ela — acrescentou a Srta. Van Vluyck — que uma cultura ampla e atualizada não se limita aos grandes centros intelectuais.

Isso aumentou a satisfação das outras afiliadas, que, por sua vez, começaram a esquecer sua ira contra Osric Dane pelo prazer de terem contribuído para seu desconforto.

A Srta. Van Vluyck limpou pensativamente seus óculos.

— O que mais me surpreendeu — ela continuou — foi que Fanny Roby estivesse tão por dentro de Xingu.

Essa observação causou um leve tremor no grupo, mas a Sra. Ballinger disse com um ar de ironia complacente: — A Sra. Roby sempre tem o dom de fazer um pouco render muito; ainda assim, temos, é verdade, uma dívida para com ela por ter tido a ideia de trazer à tona o que tinha ouvido falar sobre Xingu. — E ficou assim subentendido pelas participantes que aquela era uma forma cortês de cancelar, de uma vez por todas, as obrigações do clube para com a Sra. Roby.

Até a Sra. Leveret tomou coragem para lançar uma tímida flecha de ironia. — Imagino que Osric Dane dificilmente esperava ter uma aula de Xingu em Hillbridge!

A Sra. Ballinger sorriu. — Quando ela me perguntou o que representávamos — você se lembra? —, eu queria ter dito simplesmente que representávamos o Xingu!

Todas as mulheres riram generosamente da piada, exceto a Sra. Plinth, que disse, após um momento de deliberação: — Não tenho certeza se teria sido sensato fazer isso.

A Sra. Ballinger, que começava a sentir como se tivesse respondido diretamente a Osric Dane o que acabara de lhe ocorrer, virou-se ironicamente para a Sra. Plinth. — Posso perguntar por quê?

A Sra. Plinth, com feição séria, disse: — Certamente eu entendi pela própria Sra. Roby que esse era o tipo de assunto que era melhor não aprofundar demais?

A Srta. Van Vluyck respondeu com precisão: — Acho que isso se aplicava apenas a uma investigação sobre a origem do... do... — e de repente ela descobriu que sua memória, geralmente precisa, havia falhado. — Essa é uma matéria que eu nunca estudei — concluiu.

— Nem eu — disse a Sra. Ballinger.

Laura Glyde se inclinou em direção a elas com os olhos arregalados. — E ainda assim parece — não parece? — algo pleno de um fascínio esotérico

— Não sei em que você se baseia — provocou a Srta. Van Vluyck.

— Vocês, então, não repararam o quão intensamente interessada Osric Dane ficou assim que ouviu o que o estrangeiro brilhante — ele era estrangeiro, não era? — havia contado à Sra. Roby sobre a origem — a origem do rito — ou o que quer que seja?

A Sra. Plinth olhou-a com desagrado, e a Sra. Ballinger hesitou, claramente. Então disse: — Pode não ser de bom tom tocar no assunto em uma conversa casual; mas, pela evidente importância que tem para uma mulher do calibre de Osric Dane, sinto que não deveríamos ter medo de discutir isso entre nós — de forma aberta — embora com portas fechadas, se necessário.

— Estou totalmente de acordo — a Srta. Van Vluyck rapidamente a apoiou. — Com uma condição, ou seja, de que toda linguagem chula seja evitada.

— Tenho certeza de que não teremos necessidade disso — riu a Sra. Leveret; e Laura Glyde acrescentou significativamente: — Acho que podemos ler nas entrelinhas — enquanto a Sra. Ballinger se levantou para se certificar de que as portas estavam realmente fechadas.

A Sra. Plinth ainda não havia concordado. — Eu tenho dificuldade em enxergar — ela ponderou — qual benefício pode ser derivado da investigação de tais costumes peculiares –.

Mas a paciência da Sra. Ballinger havia atingido o limite extremo da tensão. — Ao menos — ela respondeu — para não passarmos pelo humilhante constrangimento de estarmos menos informadas sobre nossos próprios assuntos do que Fanny Roby!

Até mesmo para a Sra. Plinth essa razão foi suficiente. Ela olhou furtivamente ao redor da sala e abaixou seu tom de comando para perguntar: — Você tem um exemplar?

— Um... um exemplar? — gaguejou a Sra. Ballinger. Ela sabia que as outras participantes olhavam para ela com expectativa, e também que a resposta tinha sido insatisfatória, se valendo então de outra pergunta. — Um exemplar de quê?

Suas colegas voltaram os olhares apreensivos para a Sra. Plinth, que, por sua vez, parecia menos segura de si do que o usual. — Ora, do... do... livro — ela explicou.

— Que livro? — retrucou a Srta. Van Vluyck, quase tão bruscamente quanto Osric Dane.

A Sra. Ballinger olhou para Laura Glyde, cujos olhos refletiam uma fixa interrogação na Sra. Leveret. O fato de ser subestimada era tamanha novidade para ela que a encheu de uma temeridade insana. — Ora, Xingu, é claro! — ela exclamou.

Um silêncio profundo seguiu-se ao desafio dos recursos da biblioteca da Sra. Ballinger, e esta, depois de olhar nervosamente para os Livros do Dia, respondeu com dignidade: — Não é algo que alguém se preocupe em deixar à mão.

— Não mesmo! — exclamou a Sra. Plinth.

— Então, é mesmo um livro? — indagou a Srta. Van Vluyck.

Isso deixou o grupo novamente em desordem, e a Sra. Ballinger, com um suspiro impaciente, retrucou: — Ora, pois — existe um livro — naturalmente...

— Então por que a Srta. Glyde chamou de religião?

Laura Glyde se levantou. — Uma religião? Eu nunca –.

— Sim, chamou, sim — insistiu a Srta. Van Vluyck. — Você falou de ritos; e a Sra. Plinth disse que eram um costume.

A Srta. Glyde estava evidentemente fazendo um esforço desesperado para se lembrar de sua declaração; mas a precisão de detalhes não era seu ponto forte. Por fim, ela começou com um murmúrio profundo: — Certamente eles costumavam fazer algo do tipo nos mistérios eleusinos[15] –.

— Ah... — comentou a Srta. Van Vluyck, beirando o desdém; e a Sra. Plinth protestou: — Achei que não haveria indelicadeza!

A Sra. Ballinger não conseguia controlar sua irritação. — Realmente, é uma pena que não possamos falar com calma

15 Rituais iniciáticos da Grécia Antiga, celebrados em honra a Deméter e Perséfone, relacionados ao culto dos mistérios e à promessa de vida após a morte.

sobre o assunto entre nós. É isso que eu acho se alguém se dispõe a mergulhar no Xingu –.

— Ah, eu também acho! — gritou a Srta. Glyde.

— E se alguém deseja acompanhar o Pensamento do Dia, não sei como isso possa ser evitado –.

A Sra. Leveret soltou uma exclamação de alívio. — Pronto... é isso! — ela interrompeu.

— É isso o quê? — a presidente contestou.

— Ora... é um... um pensamento: quero dizer, uma filosofia.

Isso pareceu trazer um certo alívio para a Sra. Ballinger e Laura Glyde, mas a Srta. Van Vluyck disse: — Desculpem-me, mas vocês estão todas enganadas. Xingu é uma língua.

— Uma língua! — o Clube do Almoço se agitou.

— Certamente. Você não se lembra de Fanny Roby dizendo que havia várias ramificações, e que algumas eram difíceis de rastrear? A que isso se aplicaria senão a dialetos?

A Sra. Ballinger não conseguiu mais conter uma risada desdenhosa. — Realmente, se o Clube do Almoço chegou a tal ponto que tem que ir até Fanny Roby para esclarecer temas como Xingu, é melhor mesmo que se extinga!

— É culpa dela por não ter sido mais clara — Laura Glyde interveio.

— Era o que me faltava: clareza e Fanny Roby juntas! — A Sra. Ballinger deu de ombros. — Ouso dizer que ela estava enganada em quase todos os pontos.

— Por que não pesquisamos? — disse a Sra. Plinth.

Como regra, essa sugestão recorrente da Sra. Plinth era ignorada no calor da discussão e a ela só se recorria depois, na privacidade da casa de cada afiliada. Mas, na ocasião presente, o desejo de atribuir sua própria confusão de pensamento à natureza vaga e contraditória das declarações da Sra. Roby fez com que as participantes do Clube do Almoço expressassem uma demanda coletiva por um livro de referência.

Naquele momento, a apresentação de seu precioso volume deu à Sra. Leveret, por um momento, a experiência incomum de ocupar a linha de frente; mas ela não conseguiu mantê-la por muito tempo, pois Alusões Adequadas não continha nenhuma menção ao Xingu.

— Isso não é o tipo de coisa que queremos! — exclamou a Srta. Van Vluyck. Ela lançou um olhar depreciativo sobre a variedade de literatura da Sra. Ballinger e acrescentou impacientemente: — Você não tem nenhum livro útil?

— Claro que tenho — respondeu a Sra. Ballinger indignada. — Eu os guardo no armário do meu marido.

De lá, depois de relativos dificuldade e atraso, a criada trouxe o volume W-Z de uma Enciclopédia e, em deferência ao fato de que a demanda por ele tinha vindo da Srta. Van Vluyck, colocou o pesado tomo diante dela.

Houve um momento de suspense doído enquanto a Srta. Van Vluyck limpava os óculos, ao passo que os ajustava e se virava para Z[16]; e um murmúrio de surpresa quando disse: — Não está aqui.

— Eu suponho — disse a Sra. Plinth — que o tema não seja adequado para estar contido num livro de referência.

— Que bobagem! — exclamou a Sra. Ballinger. — Tente X.

A Srta. Van Vluyck voltou a folhear o volume, olhando míope para cima e para baixo nas páginas, até que parou e permaneceu imóvel, como um cão ameaçado a ponto de bala.

16 Em inglês, pronuncia-se "Zingu".

— Então, encontrou? — perguntou a Sra. Ballinger após uma espera considerável.

— Sim. Eu encontrei — disse a Srta. Van Vluyck com uma voz estranha.

A Sra. Plinth interveio apressadamente: — Peço que não leia em voz alta se houver algo ofensivo.

A Srta. Van Vluyck, sem responder, continuou seu exame silencioso.

— Então, o que é? — exclamou Laura Glyde de maneira agitada.

— Conte-nos! — insistiu a Sra. Leveret, sentindo que teria algo terrível para contar à irmã.

A Srta. Van Vluyck empurrou o volume para o lado e virou lentamente para o grupo expectante.

— É um rio.

— Um rio?

— Sim: no Brasil. Não foi lá que ela morou?

— Quem? Fanny Roby? Não, você deve estar enganada. Leu a coisa errada —exclamou a Sra. Ballinger, inclinando-se sobre ela para pegar o volume.

— É o único Xingu na Enciclopédia; e ela morou no Brasil — insistiu a Srta. Van Vluyck.

— Sim: o irmão dela é diplomata lá — interrompeu a Sra. Leveret.

— Mas é ridículo demais! Eu — nós — todas nós nos lembramos de ter estudado Xingu no ano passado, ou no ano retrasado — gaguejou a Sra. Ballinger.

— Achei que sim quando você disse isso — confessou Laura Glyde.

— Eu disse isso? — gritou a Sra. Ballinger.

— Sim. Você disse que todo o resto tinha ficado fora da sua mente.

— Bem, você disse que tinha transformado a sua vida!

— Por falar nisso, a Srta. Van Vluyck disse que nunca tinha se arrependido do tempo que lhe tinha dedicado.

A Sra. Plinth interveio: — Deixei claro que não sabia nada sobre a fonte.

A Sra. Ballinger interrompeu a discussão com um gemido. — Ai, o que importa se ela está nos fazendo de bobas? Acredito que a Srta. Van Vluyck está certa — ela estava falando do rio o tempo todo!

— Como ela pôde? É muito absurdo — exclamou a Srta. Glyde.

— Escute. — A Srta. Van Vluyck havia se apossado da Enciclopédia e recolocado os óculos em um nariz avermelhado de excitação. — "O Xingu, um dos principais rios do Brasil, nasce no planalto do Mato Grosso e corre em direção ao norte por uma extensão de nada menos que mil cento e dezoito milhas, entrando no Amazonas, perto da foz deste último rio. O curso superior do Xingu é aurífero e alimentado por numerosas ramificações. Sua fonte foi descoberta pela primeira vez em 1884 pelo explorador alemão von den Steinen, após uma expedição difícil e perigosa por uma região habitada por tribos ainda na Idade da Pedra da cultura."

As senhoras receberam esta comunicação em um estado de silêncio estupefato do qual a Sra. Leveret foi a primeira a se recuperar. — Ela certamente falou sobre ter ramificações.

A palavra pareceu romper o último fio de sua incredulidade. — E de sua imensa extensão — ofegou a Sra. Ballinger.

— Ela disse que havia partes profundas, e que não era fácil

pular — era só se deixar levar — acrescentou a Srta. Glyde.

A ideia foi se formando mais lentamente através das resistências compactas da Sra. Plinth. — Como poderia haver algo impróprio sobre um rio? — ela perguntou.

— Impróprio?

— Por que, o que ela disse sobre a fonte — que era alterada?

— Não alterada, mas de difícil acesso — corrigiu Laura Glyde. — Alguém que esteve lá disse isso a ela. Ouso dizer que foi o próprio explorador — não disse que a expedição era perigosa?

— "Difícil e arriscada" — disse a Srta. Van Vluyck.

A Sra. Ballinger pressionou as mãos nas têmporas latejantes. — Não há nada que ela disse que não se aplicaria a um rio — a este rio! — Ela se virou animadamente para as outras afiliadas. — Ora, vocês se lembram dela nos dizendo que não tinha lido *The Supreme Instant* porque o tinha levado para um passeio de barco enquanto estava hospedada com seu irmão, e alguém o tinha "lançado" ao mar — "lançado", é claro, expressão dela.

As moças, esbaforidas, indicaram que a expressão não tinha passado em branco.

— Bem — e então ela não disse a Osric Dane que um de seus livros estava simplesmente inundado de Xingu? Claro que estava, se um dos amigos desordeiros da Sra. Roby o tivesse jogado no rio!

Essa surpreendente reconstrução da cena da qual tinham acabado de participar deixou as participantes do Clube do Almoço mudas. Por fim, a Sra. Plinth, depois de visivelmente se esforçar com o problema, disse em um tom pesado: — Osric Dane também foi enganada.

A Sra. Leveret se encorajou. — Talvez tenha sido esse o intuito da Sra. Roby. Ela disse que Osric Dane era intratável, e talvez ela tenha querido dar-lhe uma lição.

A Srta. Van Vluyck franziu a testa. — Não era certo fazer isso às nossas custas.

— Pelo menos — disse a Srta. Glyde com um toque de amargura — ela conseguiu deixá-la mais interessada do que nós.

— Que chance tínhamos? — respondeu a Sra. Ballinger.

— A Sra. Roby a monopolizou desde o início. E esse, não tenho dúvidas, era seu propósito — dar a Osric Dane uma falsa impressão de sua própria posição no clube. Ela não pouparia nada para chamar atenção: todas nós sabemos como ela recebeu o pobre professor Foreland.

— Ela de fato o obrigara a oferecer chás com partidas de bridge toda quinta-feira — disse a Sra. Leveret.

Laura Glyde bateu palmas. — Ora, hoje é quinta-feira, e é para lá que ela foi, é claro; e levou Osric com ela!

— E elas estão morrendo de rir de nós neste momento — disse a Sra. Ballinger entredentes.

Essa possibilidade parecia absurda demais para ser admitida. — Ela dificilmente ousaria — disse a Srta. Van Vluyck — confessar a dissimulação a Osric Dane.

— Não tenho tanta certeza: pensei tê-la visto fazer um sinal ao sair. Se ela não tivesse feito um sinal, por que Osric Dane correria atrás dela?

— Bem, você sabe, todas nós estávamos dizendo a ela o quão maravilhoso Xingu era, e ela disse que queria saber mais sobre o assunto — pontuou a Sra. Leveret, com um impulso tardio de justiça aos ausentes.

Essa colocação, longe de amenizar a ira das outras afiliadas, deu-lhes um ímpeto ainda mais forte.

— Sim — e é exatamente disso que elas estão rindo agora — disse Laura Glyde ironicamente.

A Sra. Plinth se levantou e juntou suas peles caras em torno de seu corpo monumental. — Não quero criticar — disse ela —, mas é o mínimo que o Clube do Almoço possa proteger seus membros, eu pelo menos, contra a recorrência desse tipo de coisa — tais cenas indecorosas.

— Eu também! — concordou a Srta. Glyde, levantando-se.

A Srta. Van Vluyck fechou a Enciclopédia e começou a abotoar seu casaco: — Meu tempo é realmente muito valioso — disse.

— Imagino que temos todas a mesma opinião — disse a Sra. Ballinger, olhando penetrantemente para a Sra. Leveret, que retribuiu o olhar às outras.

— Eu sempre desaprovo algo que seja considerado um escândalo — continuou a Sra. Plinth.

— E hoje, ela foi a causa de um! — exclamou a Srta. Glyde.

A Sra. Leveret gemeu: — Não vejo como ela teve coragem! — e a Srta. Van Vluyck disse, recolhendo seu caderno: — Algumas mulheres apelam mesmo.

— ...mas se — a Sra. Plinth retomou seu argumento de forma impressionante, — algo do tipo tivesse acontecido na minha casa — (nunca teria acontecido, seu tom implicava) —, eu teria tomado a iniciativa do dever de pedir a renúncia da Sra. Roby... ou oferecer a minha.

— Oh, Sra. Plinth... — suspirou o Clube do Almoço

— Felizmente para mim — a Sra. Plinth continuou com

uma magnanimidade terrível —, o assunto deixou de ser responsabilidade minha pela decisão da nossa presidente, que vê o direito de entreter convidados ilustres como um privilégio investido em seu cargo; e acho que as outras associadas concordarão que, como essa era uma opinião somente dela, deveria, então, tomar sozinha a decisão sobre a melhor forma de apagar suas... suas consequências realmente deploráveis.

Um silêncio profundo veio após essa demonstração explosiva de ressentimento antigo da Sra. Plinth.

— Não vejo por que se espera que eu peça a ela que renuncie... — a Sra. Ballinger finalmente se pronunciou; mas Laura Glyde se virou para lembrá-la: — Você sabe que ela fez você dizer que o Xingu fluía muito bem.

Uma risadinha inoportuna escapou da Sra. Leveret, e a Sra. Ballinger continuou energicamente — ...mas vocês não devem, nem por um momento, pensar que eu tenho receio!

A porta da sala de estar fechou-se sobre os fundos recuados do Clube do Almoço, e a presidente daquela distinta associação, sentando-se à sua escrivaninha e afastando um exemplar de *As Asas da Morte* para dar espaço ao seu cotovelo, tirou uma folha de papel de carta do clube, na qual começou a escrever: "Caríssima Sra. Roby..."

EDITH WHARTON: A DAMA, OS CACHORRINHOS E AS LETRAS

Ligia Gonçalves Diniz

Em boa parte dos retratos que encontramos de Edith Wharton, ela está acompanhada de cachorrinhos. No meu registro preferido, dois chihuahuas de pelo longo empoleiram-se nos ombros do vestido bufante dela, com expressões pouco amigáveis. Entre as carinhas desafiadoras aparece destoante o rosto da escritora, que, aos 36 anos, parece reservada e um pouco abatida, mas não tímida e certamente nada ingênua.

Quando a fotografia foi feita, em 1898, Wharton havia publicado apenas alguns poemas e contos, e arrastava havia alguns anos a promessa de reunir as histórias em um livro, que sairia apenas no ano seguinte. O volume, que recebeu o título *The Greater Inclination* (A inclinação mais forte), foi finalmente publicado pela Scribner, importante editora sediada em Nova York, cidade natal da autora. E foi um sucesso.

Uma vez assimilada a resposta positiva à estreia no mercado literário, Wharton decidiu que o feito poderia ter sido maior. Suas reações fazem compreender melhor o olhar com que já encarava a câmera no ano anterior. "Não creio que estou sendo tratada de modo adequado no que diz respeito à divulgação", escreveu ela à editora. "Nestes tempos em que a publicidade é tão enérgica e enfática, os métodos do senhor Scribner não fazem com que alguém se sinta tentado a oferecer a ele a sua obra uma segunda vez".

O termo "empáfia" vem à mente — mas uma empáfia irresistível. Em menos de um ano, mais de três mil exemplares do livro da estreante haviam sido vendidos, e parte da crítica a recebia como a versão feminina de Henry James, um elogio entusiasmado mas equívoco, que certamente a deixava tão satisfeita quanto irritada.

Já amplamente consagrado por obras como *Daisy Miller* (1878) e *Retrato de uma senhora* (1881), James havia explorado, como Wharton faria, temas como a discrepância entre aparência e realidade na alta sociedade norte-americana e os conflitos entre tradição e mudança, mas a prosa da escritora sempre foi muito mais direta, e também mais sarcástica, do que a de seu conterrâneo mais velho, afeito a investigações psicológicas mais densas.

Quando Wharton enviou a James seu recém-lançado *The Greater Inclination*, ele comentou com uma conhecida em comum, um tanto maldosamente, que havia recebido "os frutos dos esforços literários" da estreante. Mas, em outubro do ano seguinte, enviou uma carta mais entusiasmada à própria Wharton, a respeito do conto inédito "The Line of Least Resistance" (algo como "O caminho mais fácil"). Assim começava uma amizade íntima que duraria até a morte dele, em 1916.

Na mensagem, James elogia a perspicácia e a precisão admiráveis e a "sagacidade e agudeza infinitas" da escritora, que, para ele, no entanto, exagera na "dureza" e na "derrisão", ainda que as reconheça como características difíceis de evitar em uma autora "tão jovem" e "inteligente"[1]. Mais importante

1 Lyall H. Powers (ed.), *Henry James and Edith Wharton, Letters: 1900-1915*. Nova York: Charles Scribner's Sons, 1990, p. 32.

que os comentários críticos a respeito da prosa de Wharton — que, aliás, a levariam a retirar o conto da nova coletânea que estava organizando — é o encorajamento que James dá ao estudo que a autora faz, com sua ironia peculiar, da vida da burguesia norte-americana.

Comentário semelhante aparece em uma carta de agosto de 1902, na qual James reage ao primeiro romance de Wharton, *The Valley of Decision* (O vale da decisão), publicado naquele ano e cujo enredo se situa na Itália do final do século XVIII. A primeira narrativa longa da autora, inspirada por Stendhal, Hawthorne e o próprio James, recebe deste os qualificativos "bem-acabado" e "brilhante". Ele, porém, completa a mensagem recomendando que ela se dedique à "Questão Americana", enquanto "ainda é jovem, livre, esperta e exposta (à iluminação)". Mais adiante, ele insiste em maiúsculas: "ESCREVA NOVA YORK"[2].

Foi o que ela fez, e assim chegou de fato à fama literária, tornando-se uma *best-seller* com *The House of Mirth* (A casa da alegria). O romance sobre a decadência de uma beldade falida — lançado em 1905, primeiro em formato seriado, na revista *Scribner*, e depois em um volume — foi um proverbial sucesso de público e crítica: foram vendidas nada menos do que 140 mil cópias em um ano, e o *New York Times* o definiu como um "modelo de excelência artística", apropriadamente guiado pela preocupação estética e não pelo discurso moral[3].

A casa da alegria conta a história de Lily Bart, filha de um

---

2 *Henry James and Edith Wharton, Letters: 1900-1915*, p. 33-34.

3 "New York Society Held Up to Scorn in Three New Books", *New York Times*, 15 out. 1905. https://www.nytimes.com/1905/10/15/archives/new-york-society-held-up-to-scorn-in-three-new-books-mrs-edith.html

afluente comerciante nova-iorquino que perde sua fortuna em maus investimentos. Lily é criada de forma errática, o que inclui muitas viagens à Europa, entremeadas por jantares luxuosos ou períodos cinzentos de vacas magras, administrados por uma mãe que se orgulhava de viver de aparências. Wharton crava: para pessoas como a mãe de Lily, "havia algo de heroico em viver como quem possuía muito mais dinheiro do que sua conta bancária continha"[4].

Em inglês, há uma expressão para esse tipo de esforço: "Keeping up with the Joneses", em tradução literal, a frase quer dizer algo como "manter-se à altura da família Jones", mas é usada para designar o hábito de alguém de competir com seu círculo social na aparência de sucesso material. (O título do reality show *Keeping up with the Kardashians*, de 2007, vem daí.)

Uma das possíveis origens para a expressão é justamente a família de Edith Wharton — batizada Edith Jones —, que somava uma fortuna acumulada por bons negócios imobiliários ao poder tradicional herdado dos antepassados, que haviam recebido terras do governo holandês, no século XVII. O nome Wharton veio de Edward, ou "Teddy", Wharton, com quem se casou em 1885 e de quem se divorciaria em 1913, ano em que se mudaria definitivamente para a França.

As duas experiências — a das dinâmicas da vida social em Nova York e a do casamento como destino certo, e frequentemente infeliz, para uma moça rica — aparecem de diferentes formas na obra de Wharton. Mesmo na Itália do passado, em *The Valley of Decision*, a principal biógrafa da autora, Her-

---

4 Edith Wharton, *A casa da alegria*. Tradução de Julia Romeu. Edição Kindle. Rio de Janeiro: José Olympio, 2021, pos. 694.

mione Lee, identifica uma dimensão autobiográfica nas dúvidas que marcam o protagonista Odo Valsecca e que remetem à "tensão entre uma energia e aspirações imensas e um sentimento sufocante de estar sendo contida" pelo casamento e as expectativas sociais[5].

Em *A casa da alegria*, essas questões aparecem de modo mais direto no destino frustrado de Lily Bart. Muito bela, mas empobrecida desde a falência do pai, a personagem abre mão de algumas oportunidades de se casar e se vê, no início do romance, solteira aos 29 anos e sem garantia de futuro. Apesar de saber que tem de agarrar a próxima chance, mesmo que esta seja a de um longo casamento entediante, Lily não consegue se livrar da esperança de uma vida mais intensa e livre. As consequências não são promissoras.

Wharton abre o romance deixando bem claro a que veio: a Srta. Bart, a despeito do bom senso, aceita tomar chá no apartamento de um intelectual solteirão a fim de matar o tempo até a hora de pegar um trem. Na conversa, ela lamenta: "Como deve ser delicioso ter um lugar assim só para você! Que coisa terrível é ser mulher". Quando seu interlocutor a lembra de uma conhecida que mora sozinha, ela recusa a comparação, desdenhando o apartamento da outra: "Gerty gosta de ser bondosa, e eu gosto de ser feliz. Além disso, ela é livre e eu não sou"[6]. Feminismo branco em seu melhor, sim, mas sem ignorar as contradições humanas.

O equilíbrio entre dimensão ética e sofisticação da forma — mediadas pelo humor sagaz — já apareciam nos seus contos de 1898. Neles, notamos também uma qualidade um

---

5 Hermione Lee, *Edith Wharton*. Nova York: Vintage, 2008, p. 110.
6 *A casa da alegria*, pos. 250-267.

pouco menos mencionada na prosa de Wharton: certa ternura melancólica por alguns personagens confinados pelas expectativas e por seus próprios paradoxos, de fato mais notável nas narrativas curtas, pois povoadas por uma fauna mais restrita de mulheres fúteis e homens corruptos.

A publicação de *The Greater Inclination* encerrou para Wharton uma fase de questionamento mais intenso a respeito do propósito de sua vida, que nos anos anteriores havia se equilibrado entre o papel como esposa de um homem frequentemente afetado por períodos de mania e de depressão e atividades como a decoração de casas e jardins (que ela continuou a amar). Em suas memórias intituladas *A Backward Glance*, de 1934, ela associa seu primeiro volume de contos ao momento a partir do qual nunca mais questionou sua vocação como escritora. "A terra das Letras seria, dali em diante, o meu país", ela escreve, dizendo que o livro "quebrou as correntes que me mantinham por tanto tempo em uma espécie de torpor", no qual havia tentado se ajustar à vida doméstica[7].

Sobre os anos anteriores, biógrafos e amigos mencionam períodos de uma náusea persistente, anemia e, sobretudo, crises de asma, frequentemente descritas como produto de uma reação psicossomática à frustração do casamento com um homem com quem compartilhava poucas paixões: ele não gostava de ler ou de participar dos debates intelectuais que se tornariam tão importantes para ela.

A sensação de sair do torpor via ficção faz sentido: em *The Greater Inclination* ela de fato havia encontrado sua voz, e também um de seus principais temas. Presente desde contos

7 Edith Wharton, *A Backward Glance*. Nova York: Charles Scribner's Sons, 1985, p. 119, p. 123.

como "A viagem", que fala da sensação de isolamento de uma mulher que cuida do marido doente, a questão da infelicidade conjugal — oposta à noção de uma (geralmente ilusória) vida livre e verdadeira — chegaria a uma das representações mais contundentes no célebre romance de Wharton *A época da inocência*, de 1920.

Faz mais sentido pensar que a comparação com Henry James se dava não pela semelhança no estilo ou no tratamento dos temas, mas pela percepção dos críticos norte-americanos de que estavam diante de uma escritora ambiciosa, incomum e equipada com um domínio absoluto da linguagem. Como em James, sentimos com Wharton um prazer que vem da originalidade das construções e da novidade das imagens que ela propõe. Não é raro, ao lermos sua obra, sentirmos a alegria muito específica de encontrar uma definição perfeita de alguma coisa que já havíamos identificado em nossas próprias vidas, mas que nem sabíamos que poderia ser nomeada.

Menciono um trecho de outro conto publicado em 1899, "O pelicano", história na qual um homem narra seus encontros ao acaso com uma jovem viúva, a Sra. Amyot, que, vinda de uma família de intelectuais, ganha a vida dando palestras tão charmosas (ao menos a princípio) quanto vazias. Logo no primeiro parágrafo lemos que a moça era "humanizada por uma covinha que florescia em sua bochecha sempre que algo com atributos cômicos era dito, mas desde que não tivesse características muito intrínsecas". Mais adiante, o narrador nos diz que ela tinha "dois dons infalíveis: uma vasta memória, ainda que imprecisa, e uma extraordinária fluência oratória. Não havia nada que ela não lembrasse — ainda que equivocadamente".

O prazer que o leitor sente ao ler formulações como essas rendeu críticas positivas, mas também uma reprovação permanente por parte de leitores menos afeitos à língua afiada de Wharton, que, como diz a biógrafa Hermione Lee, era chamada de "sem coração", por sua "falta de empatia" com alguns de seus personagens[8]. O influente crítico norte-americano Lionel Trilling, por exemplo, afirmou, já nos anos 1950, que Wharton "era uma mulher em quem não podemos deixar de notar uma limitação do coração, e essa limitação se manifesta como uma deficiência moral e literária em sua obra", suposta deficiência que ele relaciona à crueldade com que trata seus protagonistas[9].

É difícil não pensar que esse tipo de crítica é excessivamente apoiado mais em um julgamento de Edith Wharton — a herdeira aristocrática e arrogante — do que na leitura da obra da autora. No entanto, mesmo essa avaliação *ad feminam*[10] pode ser entendida como uma visão excessivamente enviesada, para não dizer preconceituosa, da mulher cercada de chihuahuas, papillons e spitzes, sentada em seu perfeito jardim. Há bem mais ali.

Muito antes das ações humanitárias que realizaria durante a Primeira Guerra Mundial, o que inclui visitas ao front, Wharton já demonstrava uma personalidade bem mais interessante, e menos cheia de frescuras, do que uma primeira olhada poderia revelar. Em 1888, por exemplo, Teddy e Edi-

---

8 *Edith Wharton*, p. 163.

9 Lionel Trilling, "The Morality of Inertia", em Robert MacIver (ed.), *Great Moral Dilemmas in Literature, Past and Present*. New York: Harper and Bros., 1956.

10 Ataque dirigido à mulher ou ao feminino.

th, esta então com 26 anos, decidiram gastar toda a renda que ela receberia naquele ano em uma longa viagem. Sim, o dinheiro compra liberdade. Diferentemente do que fariam outros casais de herdeiros, porém, eles não se restringiram ao conforto da Europa.

De Marselha, os dois rumaram no iate Vanadis para a Argélia e a Tunísia, onde ela voltaria três décadas depois e de onde em 1888 cruzaram o Mediterrâneo rumo às costas grega e turca. Voltaram via Montenegro e Croácia até a Itália. Wharton escreveu um diário detalhado da viagem, no qual já mostrava a habilidade de descrever experiências.

Há várias passagens divertidas, como uma na qual relata sua decisão de fazer seu barco chegar o mais perto possível de um mosteiro grego no monte Atos — cujo acesso era totalmente proibido —, enquanto os homens da trupe exploravam a região a pé: "O barco chegou tão perto da costa que [os monges] desceram correndo a colina para impedir que eu desembarcasse, e com suas cabeleiras negras e longas vestes de lã voando atrás deles, formavam um grupo selvagem o bastante para assustar qualquer intruso"[11].

Outro caso que confronta a visão de Wharton como uma madame afrescalhada é contado pelo crítico literário Percy Lubbock, na primeira biografia escrita sobre ela, sete anos após sua morte, em 1944. O próprio Lubbock tinha uma relação ambivalente com a autora que retrata — eles romperam a relação após duas décadas de amizade, e o crítico mal disfarça no livro o ressentimento que sentia pela escritora, transparente na preferência que ele dá ao retrato duro que faz da mulher

11 Edith Wharton, *The Cruise of the Vanadis*. Londres: Bloomsbury, 2004, p. 174-175.

em detrimento da obra dela.

Em sua defesa, é preciso admitir que é difícil evitar falar da personalidade de Wharton — eu mesma não consigo fazer isso aqui —, mesmo porque, afinal, uma obra literária não emerge do éter, mas de experiências de vida e modos de prestar atenção a elas. Lubbock conta uma história sobre a relação entre Wharton e os automóveis, e o exemplo mostra o interesse dela pelas novidades, e seu contraste com a tradição; a intrepidez da escritora, em seu amor pela liberdade; a autora que perde o amigo, mas não perde a piada, ou melhor, não perde a oportunidade de deixar bem claro que sabe seu valor — literário, mas também de mercado.

Estamos no começo do século, e o carro ainda é um grande luxo, que permitia a cada um dos sortudos proprietários viajar sem ter de se dobrar a horários de trens e à limitação das estações estabelecidas. Lubbock conta que "Edith havia se apaixonado pelo novo brinquedo como se ele houvesse sido inventado para ela". Enquanto os outros ainda estavam se adaptando aos modos e caprichos do carro, ela já havia entendido perfeitamente como se aproveitar dele e estava percorrendo com ele meia Europa — com um *chauffer*, claro. Certa vez, com Henry James como passageiro, ela mencionou que o carro em que estavam havia sido comprado com os lucros de seu último romance. "Com meu último romance", respondeu James, "comprei um carrinho de mão para levar as malas dos hóspedes da estação de trem até minha casa. Está precisando de uma mão de tinta. Com os lucros do meu próximo livro, vou fazer a pintura."[12]

A biografia de Lubbock e casos como esse foram mal

12 Percy Lubbock, *Portrait of Edith Wharton*, p. 67-68

compreendidos por olhos e ouvidos pouco interessados em entender a relação entre autor e obra de forma complexa e produtiva, erro potencializado pela generalização das muito citadas declarações desdenhosas de Wharton a respeito das mulheres intelectuais (ela estranhamente desprezava Virginia Woolf, por exemplo).

Essa armadilha foi evitada por Sandra M. Gilbert e Susan Gubar, autoras fundamentais da crítica feminista norte-americana, que perceberam que a obra ficcional de Wharton "constitui talvez a análise feminista mais profunda — e dolorosa — da construção da 'feminilidade' já produzida por qualquer romancista [de língua inglesa] neste século". Para Gilbert e Gubar, o que a escritora detestava era o que havia sido feito com as mulheres: "Grande parte de sua ficção é focada, com uma fúria fria, nos limites e nas desvantagens do 'feminino' em uma cultura que molda as mulheres para serem ornamentais, interesseiras e desarticuladas" [13].

O que marca as narrativas de Wharton, em oposição a outras autoras como sua conterrânea Kate Chopin, é o compromisso com uma atitude realista e sem complacência, em que as mulheres são frequentemente representadas como ela as enxergava: com poucas saídas reais para o confinamento social, mas também estético e afetivo, em que elas haviam sido colocadas — e isso mesmo no caso daquelas que haviam encontrado caminhos nos círculos intelectualizados.

É de fato inútil procurar em sua obra uma redenção fantasiosa ou sentimental. Não é que os finais sejam sempre

13 Sandra M. Gilbert e Susan Gubar, *No Man's Land: The Place of the Woman Writer in the Twentieth Century*, Volume 2: Sexchanges. New Haven, Londres: Yale University Press, 1989, pp. 128-129.

trágicos, mas quando são felizes, trata-se de uma felicidade possível, contingente, e o tom é menos de denúncia do que de uma melancólica resignação. Mrs. Amyot, de "O pelicano", embora descrita sem piedade, não é alvo de uma acusação estritamente pessoal: o narrador frequentemente se pega desejando, com compaixão, que alguém a salve — em uma inversão da perspectiva mais adotada por Wharton — por meio de um casamento. Com o passar dos anos, a autora se tornou mais dura na representação dos círculos "intelectuais" femininos. "Xingu", de 1911, o conto mais leve e divertido deste volume, traz "uma associação composta por ela mesma e várias outras caçadoras indomáveis de erudição", pois "a Sra. Ballinger era um tipo de senhora que corria em bandos atrás de cultura, como se fosse arriscado buscar conhecimento sozinha".

As décadas em que Edith Wharton se firmou como escritora de ficção foram marcadas por mudanças drásticas no mercado editorial. Os escritores tinham de lidar cada vez mais com o fato de que seus livros eram comercializados como quaisquer outros produtos, isto é, que todo elemento que pudesse ajudar a vender um livro poderia, ou deveria, ser explorado. Isso incluía a persona pública dos próprios autores, e Wharton lidava com isso de maneira polivalente. Detestava posar para fotos, mas, como já ficou evidente, gostava e muito da fama e do dinheiro, que lhe garantiam a mobilidade que sua posição como mulher não trazia por direito.

Essa tensão entre o interior e o exterior, que mostrava seu lado mais coletivo nas críticas de seus livros à hipocrisia da sociedade nos grandes romances americanos *A casa da alegria* e *A época da inocência* (como também em *The Custom of the Country*, de 1913, ainda não traduzido por aqui), aparece de modo mais íntimo em outras de suas narrativas, na forma de contradição entre expectativas e possibilidades.

A questão recebe um tom melancólico no lindíssimo conto "O filho de seu pai", no qual a crítica constante à frivolidade dos costumes nova-iorquinos recebe uma camada mais pungente na consciência de Mr. Grew, um sujeito feioso, fabricante de fivelas para suspensórios em uma pequena cidade do interior, que realiza seus sonhos de beleza e elegância por meio da vida sofisticada de seu filho Ronald em Manhattan.

No entanto, talvez nenhum gênero tenha sido tão brilhantemente explorado por Wharton, quando o assunto é a confrontação entre a vida desejada e aquela vivida, do que os contos de fantasmas, aqui representados por "Os olhos". A questão nesse conto assume um viés invertido: a do homem idoso sem escrúpulos que conta a história de como foi assombrado na juventude toda vez que assumia, nervosamente, o compromisso de fazer algo altruísta e "promover a ordem moral do mundo".

Um dos últimos projetos de Wharton antes de morrer, em 1937, foi precisamente o de organizar uma coletânea de contos de fantasmas, que ganhou apenas uma história inédita, "All souls" (Finados). O volume, intitulado simplesmente *Ghosts* (Fantasmas), reúne 11 contos, lançados entre 1902 e 1937, nos quais notamos a habilidade da autora em explorar temas que vão da violência conjugal e do isolamento feminino, passando pelo cíume e a repressão sexual, à corrupção e à culpa moral. Há até um elogio à fidelidade dos cães, no ótimo e estranho "Kerfol".

Para Wharton, as assombrações sobrenaturais viviam melhor em narrativas curtas, e nas mais longas elas são convertidas em fantasmas da consciência. Em seu romance mais famoso e premiado, *A época da inocência*, cujo enredo tem início nos anos 1870, o protagonista Newland Archer escolhe o futuro protocolar do casamento com uma jovem que é exemplo de feminilidade passiva em detrimento de uma paixão pela pouco convencional condessa Olenska. A certo momento da história, Archer pensa no amor perdido "apenas como o mais triste e pungente de uma série de fantasmas"[14].

A época da inocência pode ser lido via inúmeros pontos de interesse: como um comentário a respeito do fim de uma era e a queda de uma elite tradicional; como uma denúncia dos rígidos padrões de comportamento impostos às mulheres; como uma investigação dos conflitos morais entre dever e desejo. Atravessando todas essas discussões, está uma das grandes questões de Wharton: o que é, afinal, a vida *real*?

As inúmeras qualidades desse romance de 1920 garantiram à autora o prêmio Pulitzer no ano seguinte, o primeiro concedido a uma mulher. Wharton já havia publicado outros seis romances, além de dezenas de contos e novelas; ainda viria a escrever mais oito romances e outras tantas narrativas curtas. Mas *A época da inocência* é, sem dúvida, até hoje seu livro mais conhecido, traduzido e amado.

O Pulitzer, no entanto, não foi uma coroação inequívoca do brilhantismo de Wharton. Apesar de ter lhe proporcionado mil dólares (que seriam usados para reformar seu jardim), o valor foi recebido como "dinheiro sujo", como disse ela, um

14 Edith Wharton, *A época da inocência*. Tradução de Hildegard Feist. São Paulo: Companhia das Letras, 2013, p. 201.

pouco jocosamente, a um amigo. Seu romance havia sido selecionado não pelo júri de escritores e acadêmicos, e sim pelo conselho da Columbia University, que concede o prêmio desde 1917 e que recusou a indicação original do controverso *Main Street*, de Sinclair Lewis.

Sob o comando de uma reitoria conservadora, o Pulitzer deveria ser entregue ao romance "que melhor apresentasse a atmosfera edificante da vida americana e o mais alto padrão de conduta e de masculinidade americanas". A reação de Wharton foi comentar com uma amiga "Que país!", enviar uma mensagem de apoio para Lewis e continuar a escrever seus livros, tentando equilibrar o permanente desejo de vender e ser lida com as exigências do mercado editorial de que escrevesse histórias edificantes.[15]

No romance *Hudson River Bracketed*, de 1929, a autora lida diretamente com o tema, representando com sua habitual sagacidade a elite intelectual de Nova York, e as tensões entre ambição artística e demandas comerciais. Quando o protagonista Vance Weston recebe os conselhos de sua mãe, é como se fosse a própria Wharton, ao menos em parte, a destinatária: deveria sair da cidade e voltar para o oeste e o jornalismo, e escrever apenas histórias sobre atividades verdadeiramente masculinas, "porque o grande público está cansado de descrições das pessoas corruptas da sociedade"[16]. Bem, Wharton ainda não estava cansada — e seus leitores também não.

****

15 *Edith Wharton*, p. 590-591.
16 Edith Wharton, *Hudson River Bracketed*. Nova York: Appleton, Century, Croft, 1957, p. 269.

Ligia Gonçalves Diniz nasceu no Rio de Janeiro, em 1979. É professora adjunta da área de Literatura Comparada e Teoria Literária na Universidade Federal de Minas Gerais (UFMG). Cursou o doutorado em Literatura na Universidade de Brasília (UnB), com pós-doutorado em Estudos Literários na UFMG. É autora dos livros *Imaginação como presença*: o corpo e seus afetos na experiência literária (UFPR, 2020, vencedor do prêmio ABEU de melhor obra de ciências humanas) e *O homem não existe*: masculinidade, desejo, ficção (Zahar, 2024, vencedor do prêmio APCA de melhor ensaio). Atua como crítica literária, com publicações em veículos como *Folha de S.Paulo*, *Quatro Cinco Um* e *Cult*.

Este livro foi composto em Bell MT, Minion Pro,
Le Jour e impresso em papel pólen 80 g/m²
na São Francisco Gráfica, em setembro de 2025